能小説 —

牝啼き村

九坂久太郎

竹書房ラブロマン文庫

目次

この作品は、竹書房ラブロマン文庫のために
書き下ろされたものです。

第一章　名家妻の逆夜這い

1

真っ暗なトンネルだった。灯《あか》りの一つもついていない。

中型のトラックでも通るのが難しそうな、狭いトンネルである。その暗闇に、三上《みかみ》慶太《けいた》は足を踏み入れた。

中で道がカーブしているのだろう。反対側の出入り口の光は見えない。事前にネットで調べたところによると、この〝杉見沢《すぎみさわ》トンネル〟の長さはおよそ九十メートルだそうだ。

（いいぞ、あの脚本のイメージにぴったりだ）

慶太はスマホのライトを点灯させた状態で、動画の撮影を開始する。素掘りのトンネルの、岩をくり貫《ぬ》いた痕《あと》の荒々しい陰影が、灯りに照らされて不気味に浮かび上がっていた。くすんだ岩壁は、ところどころ苔《こけ》むしている。

七月だというのに、いやにひんやりとした湿った空気。カビ臭い、淀んだ空気。

静けさの中で、足音だけが不穏に鳴り響く。

自分の足音だというのに、なんて心をざわつかせる響きなんだろうと思った。この暗闇の中にいるのは自分だけなのだと、嫌でも思い知らされる。だが——もし今、自分以外の足音が聞こえてきたら、それはそれで恐怖だろう。

心臓がドクンドクンと暴れるのを感じながらも、慶太は少しほっとした。

(これなら申し分ないロケーションだ。先輩たちも満足するだろう)

慶太は、今年の五月で二十歳になった大学二年生である。大学では、映画研究部に所属している。

映画研究部では毎年一本、部としてショートムービーを制作するのが決まりだった。撮影には時間がかかるので、部員全員の都合を合わせやすい夏休みの間になるべく終わらせたい。だが、脚本作りに難航したせいで、夏休みを来月に控えても、未だ撮影場所が決まっていなかった。

今年作るのはホラー映画で、肝《きも》となる舞台はトンネル。

脚本のイメージに合いそうな場所をネットで探し、この杉見沢トンネルが候補に挙がった。そして三年生の先輩たちは、慶太たち二年生に命じた。今回の作品の撮影地に適しているか、実際に行って確認してこいと。いわゆるロケハンである。

それで今日、慶太はここにやってきたわけだ。

（それにしても、僕一人にロケハンを押しつけるなんて、みんな酷《ひど》いよな）

他の二年生たちは、やれバイトがある、やれテスト勉強が忙しいと言って、皆、ロケハン行きを拒否したのだ。

今から二週間後には大学の前期テストが始まる。それを無事に乗り切らなければ夏休みどころではない。慶太だって貴重な勉強時間を失いたくはなかった。

杉見沢トンネルは、慶太の住んでいるところの隣の県——その西部の山奥にあり、電車とバスを乗り継いで片道三時間近くもかかるのである。往復で六時間。ほぼ一日が潰れてしまう。

（でも……だからって、みんなでサボるわけにもいかないだろう）

慶太は良くいえば真面目、悪くいえば小心者だった。撮影の準備が遅れたせいで作品のクオリティが落ちるのは嫌だったし、それで先輩たちに怒られるのも怖かった。

スマホの灯りを頼りに暗闇を歩いていると、だんだんトンネルがカーブしていく。

やがて前方に光が見えると、慶太は思わず足を速めた。

トンネルを抜けるや、午後の温かな光に包まれる。慶太はスマホのカメラとライトを止めると、深呼吸をして、トンネル内の濁った空気を肺から追い出した。

眼前には緑の谷が広がっていた。山間《さんかん》の平地には田畑があり、住宅が散らばっている。杉見沢村という、小さな農村だった。

「凄いな……こんなにいい景色だとは思わなかった」

トンネルを抜けた小高い場所から、ガードレール越しに崖下の様子を眺める。

細長い盆地に一本の川が流れていて、その川の周囲に田畑が集まっていた。慶太から見て手前の方は、特に水田が多い。

瑞々《みずみず》しい緑の絨毯《じゅうたん》が、村の広い範囲を覆《おお》っていた。一面の稲が、風を受けて揺れ動く様《さま》は、さながら穏やかに波打つ海原のよう。

(……まるで映画のワンシーンだ)

慶太は、都会育ちというほどではなかったが、これまで農業とは縁《えん》の薄い場所で暮らしていて、こうして水田を直《じか》に見るのは初めてだった。

ここに来る前、スマホの地図アプリで杉見沢村の航空写真を見たが、今抱いているような感動はなかった。

改めてスマホのカメラを起動し、崖から見下ろすように美しい農村風景を撮影する。

(ホラー映画のロケーションには使えないだろうけど、こんな素晴らしい景色は撮っておかなきゃもったいない)

慶太のいる場所から道は下って、杉見沢村へと続いていた。

舗装《ほそう》もされていない、土が剝《む》き出しの坂道を慶太は下っていく。せっかくだから、村の風景を撮影しながら少し歩いてみようと思った。

頭の中では、ここをロケ地にするならどんな映画が作れるだろうと考え、純朴な少年少女たちの一夏の冒険ストーリーなどを夢想する。

ささやかにして美しく、初めて見るのにどこか懐かしい、牧歌的な山奥の村。

そこに数百年前からの淫《みだ》らな因習が残っているとは、今の慶太は知るよしもなかった——。

2

坂道を下りて、スマホのカメラを構えながら畔道《あぜみち》を歩いていると、予想外のことが起こった。

人がどんどん集まってきたのだ。農作業をしていた者たちが慶太を見るや、血相を変えて駆け寄ってくる。そのうちの一人がスマホを持っていて、どこかに電話をかける。すると、また人が増える。とうとう車でやってくる者も現れた。

村人の一人が、慶太に尋ねてきた。「あんた、稀人様《まれびと》か？」

「え……ま、稀人って、なんですか？」

村人たちはひそひそと言葉を交わし、頷《うなず》き合う。そして慶太に、車に乗るよう言ってきた。どこかへ連れていこうというのだ。

困惑する慶太は、半ば無理矢理に軽トラックの助手席に押し込まれた。運転席に乗り込んできた男が、

「お兄さん、ここまでどうやって来たんだい？　まさか歩いて？」

「い、いえ、自転車で……」

ローカル線の終点から路線バスに乗り継いで、およそ一時間。山の麓《ふもと》にある町に着いてからは、持ってきた折りたたみ式の自転車で山道を四十分ほど走ってきた。

その自転車は、杉見沢トンネルの向こう側の出入り口に停めてある。

「そうかい、じゃあその自転車は、後で誰かに持ってこさせるよ」

そう言って男は、川沿いの道をゆっくりと走りだした。畔道よりも多少は広いが、

ここもやはり未舗装で、車はガタガタと揺れる、跳ねる。

慶太は舌を噛まぬように気をつけながら、恐る恐る尋ねた。

「あ、あの……僕、なにか悪いことをしたんでしょうか？　ここの景色があんまり綺麗だったから、ちょっと撮影していただけなんですけど……」

とある都市伝説のことを、慶太は思い出していた。

日本のどこかにある村では、勝手によそ者が侵入すると村人が襲ってくるとか、そこでは日本国憲法も法律も通用しないのだとか、そんな恐ろしい話だ。まさか実在するとは思っていなかったが、ここがその村だったのだろうか？

すると男はきょとんとした顔で、チラリとこちらを見た。

「え？　いやぁ、なにも悪いことはないよ。こんな田舎《いなか》の村に、撮られて困るようなものはないからね」

では、なぜ車に乗せられたのか――慶太がそれを尋ねる暇はなかった。

走りだしてから五分も経っていなかったが、車は目的地に到着したのである。

慶太が車を降りると、目の前には大きな門があった。その左右には、背の高い塀が延々と続いている。門にも塀にも立派な瓦屋根がついていた。

門の脇には表札が掲げられていて、そこには〝大鷺《おおさぎ》〟と書かれている。

車を運転していた男がやってきて、表札の下にあるインターホンを押した。すぐに中から女性が現れ、潜《くぐ》り戸の奥へ慶太を招き入れた。「どうぞ、こちらへ」

男はというと、役目を終えたとばかりに、軽トラックに乗って去っていった。

慶太が潜り戸から中に入ると、まるで時代劇に出てくる武家屋敷のような、見事な日本家屋が目に入る。その大きさと、落ち着いた雰囲気でありながら実に堂々とした佇まいに、しばし呆気《あっけ》に取られた。

(どんなお金持ちの家なんだ、ここは)

お手伝いさんらしきその女性に連れられて、慶太は屋敷に入る。八畳の部屋に通され、そこで待つように言われた。

背負っていたリュックを床に置き、用意された座布団に座ると、慶太はキョロキョロと部屋の様子をうかがう。応接室らしく、家具の類《たぐ》いは見当たらない。若草の如く薫《かお》る畳。木目も美しい飴色の柱。上品な黄土色の土壁。

床の間には古びた大きな壺と、達筆すぎてなにが書いてあるのかわからない掛け軸が飾ってあった。やはり、何百万円もするような骨董品だろうか。

(とんでもないところに来ちゃったな……)

こんな大金持ちの家に連れてこられた理由がまったくわからなかった。

だが、只事《ただごと》ではないなにかが起こっているのは理解できた。不安な気持ちが、嫌な予感を呼び寄せる。このままここにいたら、人生を変えてしまうような大事に巻き込まれる――そんな気がしてならなかった。掌《てのひら》はいつしか汗まみれになっていた。

こっそり逃げてしまおうか？　そう思ったとき、

「失礼します」

という声がして、廊下に面したふすまがスッと開く。

現れたのは、先ほどのお手伝いさんのような女性とは違う、二人の女性だった。慶太は、その者たちに思わず目を見張る。

（二人とも、凄い美人だ……）

一人は着物姿の女性で、長い黒髪を後ろで束ねていた。黒縁《くろぶち》の眼鏡の奥に、切れ長の美しい瞳が冷たく輝いていた。

武家屋敷のようなこの家に似つかわしい、凛《りん》とした純和風の美女である。年齢は、三十を少し過ぎたくらいと思われた。

もう一人の女性は、着物の彼女より二、三歳ほど若く見える。薄手のサマーセーターにハイウエストのロングスカートという格好で、和風の趣《おもむき》はない。

なにより、その人の瞳は――透き通るようなエメラルドグリーンだった。

そして髪の色はブラウン。おそらく彼女はハーフなのだろう。その顔には、和風と洋風が美しく調和していた。鼻の高さも、彫りの深さも、日本人と欧米人の中間くらいで、なんとも親しみやすい。

ただ、胸元だけは見事な欧米サイズだった。

(こんなにオッパイが大きい人、AVでしか見たことない。Hカップとか、Iカップとか……いや、それ以上かもしれないな)

ただでさえ身体の線が出やすいニット生地のセーターだというのに、ハイウエストのスカートのせいで、下乳の膨《ふく》らみがことさら強調されていた。

男の性《さが》で、その豊満すぎる膨らみについ見入ってしまうが、二人の美女が慶太の前に座り、丁寧に手をついて頭を下げると、慶太もハッとして同じように頭を下げた。

和服の彼女が言った。「私は、この大鷲家の長女の、静穂《しずほ》と申します」

もう一人の女性は瑛梨《えり》と言うそうだ。瑛梨はこの家の次男の妻で、静穂の義理の妹だという。

「ど、どうも……僕は、三上慶太といいます」

「そうですか。では三上さん、あなたはこの村に、なにをしに来られたのですか?」

単刀直入に静穂が尋ねてくる。丁寧な口調ではあるが、澄んだ美声には、良家の女性らしい威厳が含《ふく》まれていた。

慶太は一瞬考えた。ホラー映画のロケハンだと、ここで正直に答えるべきだろうか？　だが、自分たちの村のすぐそばでホラー映画が撮影されるなど、人によっては気持ちのいいものではないだろう。

「ええと……僕、大学で映画のサークルに入ってまして、いろんな風景の動画を撮るのが趣味で……この村に来たのはたまたまというか……」

「たまたま、ですか。村の誰かに呼ばれて来たというわけではないのですね？　あくまでご自分の意思だけでやってきたのですね？」

「え……？　は、はい、まあ、そうです……」

質問の意図がわからないまま、慶太は答えた。

すると静穂は言った。「では、あなたが今年の稀人様ということでしょう」

稀人――先ほども聞いた言葉だ。いったいどういう意味なのか？　慶太が眉間に皺《しわ》を寄せると、静穂が教えてくれる。稀人とは、ある特定の時期にだけ外からやってくる神のことで、たとえば秋田県の有名な〝なまはげ〟は、今なお残る稀人信仰《しんこう》の一つなのだそうだ。来訪神とも言うらしい。

日本の各地には、稀人を手厚くもてなしたことで幸運が与えられたという逸話がいくつも存在する。この村にも稀人の言い伝えがあり、それが祭りとして残っているという。

「来週、この村でそのお祭りがあるの」と、翠《みどり》の瞳の彼女——瑛梨が言った。「昔から、この時期に村にやってくる男の人には、稀人様になってもらって、お祭りに参加してもらうのよ」

「え……じゃあ、その稀人様の役を、僕が……？」

静穂と瑛梨が揃って頷く。慶太は、思いも寄らぬ展開に困惑した。

稀人様とはどんなことをするのだろう？　なまはげみたいに、大勢の人の前で、なにかをやらされるのだろうか？　慶太は映画が好きだし、映画を作ることにも興味があるが、役者をやりたいと思ったことはない。気が小さくて、人前に出ること自体が苦手なのだ。

「いや、僕にそんな、神様の役なんて務まるとは……あの、申し訳ありませんけど、辞退するわけにはいかないでしょうか？　誰か他の人に……」

「それは、ううん……」瑛梨が困った顔をし、苦笑いを浮かべる。「こんな山奥の村によその人が訪ねてくるなんて滅多にないのよね。あなたが引き受けてくれないと、今年のお祭りは中止になっちゃうと思うの」

この村にも、手紙や郵便物を届けに、郵便配達員や宅配便の業者が来ることはあるという。だが、そういう者たちでは稀人にはなれないと、静穂は言った。

「稀人様に選ばれる人には、神様が宿っておられるのです。その神様に導かれて、自然とこの村にやってくるのです」

手紙や荷物を届けに来るなどの、人為的な理由でこの村にやってきた者では駄目なのだそうだ。

(僕だって、先輩に命令されてロケハンしに来ただけなんだけどな……)

しかし、慶太が任せられたのは、あくまで杉見沢トンネルのロケハンである。この村に足を踏み入れたのは、慶太自身の意思だった。それが、神に心を導かれた結果だとでも言うのだろうか？

(どうやらこの静穂という人、稀人様とか神様とか、本気で信じてるみたいだ)

信心深い人なのだろうが、そういう人の考えを変えさせるのは難しい。どうやって断ればいいのかと、慶太は頭を悩ませる。

すると、静穂がこう言った。

「ただし、いかに神様が宿る人でも、その務めを果たせるとは限りません。稀人様の務めは過酷ですから」

一週間後の祭りで、稀人役の者はある儀式に挑まなければならないという。

「ですので、あなたがそれをやり遂げられる人か、今から確かめさせてもらってもいいでしょうか？　もし明らかに不可能そうなら、こちらも無理に祭りの参加をお願いすることはできません。帰っていただいて結構です」

「あ……は、はい、どうぞ、確かめてください」

慶太はほっとした。向こうから断る口実をくれたのだ。なにをどうやって確かめるのかわからないが、要は彼女のお眼鏡に適《かな》わなければいいのである。

「それでは、立ってください」

「はい」

なんなら、わざと駄目なところを見せてもいい。そんなことを考えながら、慶太は言われたとおりに立ち上がる。彼女は静かに歩み寄り、慶太の目の前にひざまずく。

「失礼します」と言って、静穂は手を伸ばした。

彼女の手が、慶太のズボンのボタンを外そうとする。

「えっ、な、なにを⁉」

慶太はギョッとして、静穂の手を払いのけようとした。だが、素早く慶太の背後に回り込んできた瑛梨が、後ろから抱き締めるように慶太の手を押さえ込んだ。

「ごめんなさい、ちょっとだけ我慢してね？」

そうこうするうちにファスナーまで下ろされ、ズボンもパンツも一緒に膝《ひざ》までずり下ろされた。Tシャツの裾の下で、剝き出しになった陰茎がプルンと揺れる。

静穂は、躊躇《ためら》うことなく牡《おす》の柔肉に触れた。白魚《しらうお》の如き指で亀頭をつまみ、優しく揉《も》んでくる。彼女の指はひんやりしていたが、亀頭は瞬《また》く間に熱くなっていった。

「あっ……ちょ……ううっ」

慶太は言葉を詰まらせた。彼女の指が、肉槍の穂先を甘く押し潰すたび、じわっ、じわっと、快美感が滲《にじ》み出る。

海綿体が勢いよく血を吸い上げ、たちまちペニスは長く太く膨張した。

爪先立ちで背伸びをして、慶太の肩越しに覗き込んでいた瑛梨が、「あらっ」と声を上げる。静穂も一瞬だが、切れ長の瞳を見開く。

二人の大人の女を驚かせるほど、慶太の陰茎は猛々《たけだけ》しく怒張していた。その大きさはおよそ十八センチほどで、天井を仰《あお》ぐように力強く反《そ》り返《かえ》っている。

（こんなに勃起《ぼっき》したのは初めてだ）

以前から密かな自慢のイチモツだったが、今日は一段と大きく張り詰めていた。初めて女の手に触れたことで、牡のシンボルとして覚醒したかのようである。

そそり立つ肉棒にしばし見入っていた静穂だが、やがて冷静な眼差しに戻り、ペニスの根元に指を絡《から》めて、そっと握った。

静穂は膝立ちになると、その美貌をペニスに近づけてくる。品の良い小振りの唇がゆっくりと開き、中からピンクの舌粘膜が顔を出す。

ペロッと、静穂は亀頭を舐《な》め上げた。

さらに続けて、パンパンに張り詰めた肉玉に舌を這《は》わせていく。

（うわ、わ……フェ、フェラチオ……！）

ぬめる舌肉が擦《こす》りつけられると、ジーンと痺《しび》れるような愉悦《ゆえつ》が走って、慶太はたまらず呻《うめ》き声を漏《も》らした。

尿道がジュワッと熱くなり、早くもカウパー腺液が溢れて、鈴口《すずぐち》にしずくを作る。

静穂はそれを厭《いと》うことなく舐め取り、そしてついにペニスの先を咥《くわ》えた。小さな朱唇を精一杯に広げ、雁首《かりくび》が見えなくなるまで口内に収める。

（凄くあったかい……あぁ）

女の口の中は、驚くほどのぬくもりがあった。ズボンもパンツもずり下ろされ、下半身がスースーしているのに、咥えられた部分だけは湯に浸《ひた》しているかの如く温まってくる。

そして静穂は、緩《ゆる》やかに首を振り始める。およそ十八センチの巨根だけあって、静穂はその半分も咥えきれなかったが、充分すぎる快感だった。

固く締めつけてくる唇が、雁首や竿を甘やかにしごいた。自らの手擦りとは比べものにならぬ愉悦が込み上げ、背筋を駆け抜け、慶太は息を呑む。

「ううっ……く、く……！」

唇の往復摩擦に加え、彼女の舌が先ほど以上にペニスを舐め回してきた。

まるでフェラチオにも上品な作法があるかのように、先ほどはゆっくり、ねっとりと亀頭を舐め上げていたが、今、外から見えない口の中では、彼女の舌は別の生き物の如く蠢《うごめ》きまくっている。

舌の表面をいっぱいに広げて、雁首まで包み込むように舐め擦ってきたかと思えば、次の瞬間には尖らせた舌先で裏筋をなぞってきた。チュクチュク、ヌチュヌチュと、淫音《いんおん》が微《かす》かに響き、静謐《せいひつ》な和の空間に浸《し》み込んでいく。

まだ咥えられてから数分しか経っていないというのに、慶太は射精感を募《つの》らせ、膝を震わせた。生まれて初めて味わった口淫の悦《えつ》は、それだけ強烈だったのだ。

しかし、慶太を高ぶらせたのは性器への直接的な刺激だけではない。

(こんな綺麗な人が、僕のチ×ポを口で……なんてエロい光景だ)

許されるなら、彼女がペニスをしゃぶる様を動画に撮らせてほしかった。

淫らなこととは無縁と思われる和風美人の清らかな口唇に、汚れたままの牡の棒が出たり入ったりしているのである。ペニスは彼女の唾液《だえき》にまみれて、どんどん濡れ光っていく。

（これまでに観た、どんなＡＶのフェラシーンよりも……たまらないっ）

そのうえ、もう一人の美女に、背中からギュッと抱き締められているのである。

密着した部分から、優しいぬくもりが伝わってきた。身動きを封じられているというのに、それがなんとも心地良い。心臓はバクバクと鳴っているが、不思議とほっとするような感覚もある。

女の身体の柔らかさを感じるのも初めてだった。なにより、あの大きすぎる胸の膨らみが、慶太の背中にムギュギュッと押しつけられている。その感触は、初心《うぶ》な童貞男子を高ぶらせるにはあまりあるものだった。

間近から漂《ただよ》ってくる彼女の匂いも、慶太の心を蕩《とろ》けさせた。柑橘《かんきつ》系の果物を思わせる、甘酸っぱい香りだ。だが、そこには微かな刺激を伴《ともな》う汗の匂いも混じっている。

それこそが嘘偽《いつわ》りない女の香り、男の官能を揺さぶるフェロモンだった。

瑛梨が生温かい吐息と共に、慶太の耳元でそっと囁《ささや》く。

「……とっても立派なオチ×チンね。凄いわぁ」

褒められて嬉しかったのか、女の口から男性器を表す言葉が出てきて興奮したのか、慶太の顔がカーッと熱くなる。

途端《とたん》に射精感が高まった。力強い感覚が、腰の奥から込み上げてくる。

「アアッ……で……出ちゃいます……くっ……！」

慶太は懸命に声を絞り出したが、静穂はまるで聞こえなかったかのように、眉一つ動かさないまま、首振りと舌舐めずりを続けた。

（こ……このままだと、この人の口の中に……い、いいのかっ？）

初対面の女性の口内にザーメンをぶちまける——そのことに躊躇いを禁じ得ない。

だが、どれだけ歯を食い縛って耐えても、ペニスは限界へと追い詰められていく。

そして、慶太の忍耐の甲斐《かい》もなく、静穂はとどめを刺しにきた。

ペニスに絡ませた指で輪っかを作り、竿の根元をしごきだしたのだ。摩擦のストロークはどんどん加速し、彼女が咥えきれていなかった部分を軽やかに擦り立てた。

「くうっ、も、もう駄目……うっ、ううーっ!!」

腰を震わせ、ペニスを脈打たせ、慶太は勢いよく精液を噴き出す。

大量の白濁液《はくだくえき》を、大和撫子《やまとなでしこ》の口内に注《そそ》ぎ込んだ。一回、二回、三回、四回——延々と続く射精の発作に、彼女も多少は驚いた様子で、眉間に小さな皺を寄せる。

それでも唇は固く締め、牡のエキスを一滴《いってき》もこぼさぬまま、静かに喉《のど》を鳴らした。

(の……飲んでる……!?)

唖然《あぜん》としながら、慶太は精液を出し尽くす。戦慄《わなな》く膝からは力が抜け、瑛梨に後ろから抱き締めてもらっていなかったら倒れてしまいそうだった。

やがて静穂はゆっくりと身を引き、同時にペニスを吐き出した。

そして正座の姿勢に戻り、慶太の顔を見上げてくる。

「……思った以上の早さでしたね」

にこりともせず、冷たささすら感じさせる表情で彼女は言った。

それは男を最も傷つける言葉の一つである。射精の余韻も一瞬で吹き飛び、慶太は顔を上げられなくなる。股間のイチモツも、ぐったりとうなだれた。

「す、すみません……」と、蚊の鳴くような声で謝るのが精一杯だった。

静穂は立ち上がり、慶太に告げる。「これでは、あなたが祭りの儀式をやり遂げるのは到底無理でしょう。お帰りいただいて結構です」

「は……はい……」

元より慶太は、祭りの儀式などやりたくなかった。見事、その願いどおりになったのである。だが――心は深く沈んでいた。

初めて女の人にフェラチオをしてもらい、飲精までしてもらったというのに、情けない気持ちでいっぱいだった。

静穂は「それでは失礼します」と言って、部屋を出ていった。慶太は後ろの瑛梨に、手を放してくださいとお願いする。「あの、ズボンを穿《は》きたいので……」

しかし瑛梨は、ハグを解くどころか、さらに強く優しく抱き締めてきた。

「大丈夫、気にしなくていいのよ」

「え……？」

「若い子はオチ×チンも敏感よね。ちょっとくらい早く出ちゃっても仕方ないわ」

その言葉と、女体のぬくもりのおかげで、慶太の心は少しだけ安らいだ。

それから瑛梨は、慶太の背中にくっついたままパンツとズボンを穿かせてくれた。

3

屋敷の玄関から出ると、すぐそばの茂みの脇に慶太の自転車が置かれていた。

鍵はかかったままである。誰かがトンネルのところまで取りに行って、ここまで運んでくれたのだろう。先ほどの軽トラックの男かもしれない。

「もう帰っちゃうの？」と、瑛梨が残念そうに言った。「せっかくだから、ゆっくりしていったら？　そうだ、晩ご飯食べていかない？」

実に流暢《りゅうちょう》な日本語である。日本育ちのハーフなのかもしれないと、慶太は思った。

「ありがとうございます。でも、バスの時間がありますので」

ここから麓の町まで、自転車で四十分ほどかかる。その麓の町でバスに乗り、ローカル線の駅がある町まで移動するのだ。

もし麓の町のバスに乗り損なうと、駅のある町まで自転車で走らなければならない。バスで一時間近くかかったので、どう頑張ってもそれ以上はかかるだろう。合わせて二時間近くもペダルをこぎ続けることになる。そんな事態は避けたかった。

「バスの時間？　え、麓の町でバスに乗るつもりなの？」

瑛梨が目をぱちくりさせる。慶太は怪訝《けげん》に思いながら「は、はい」と頷いた。

すると彼女は首を傾《かし》げ、なんだか申し訳なさそうに言った。

「今からじゃ、あそこの町の最後のバスには絶対間に合わないわよ。私はてっきり、君は町のホテルにでも泊まるつもりなんだと思ってた」

「えっ!?　そ、そんなはずは……」

ここに来る前、麓の町のバス停で、慶太は時刻表を確認してきた。

「確か、十九時台まで、上りのバスがあったはずですけど……」

今はまだ午後四時を過ぎたばかり。時間の余裕は充分だと思っていた。だが、

「それは平日のダイヤじゃない？　今日は土曜で、終バスの時間も早いのよ」

瑛梨はスカートのポケットからスマホを取り出し、メモ代わりに撮ったという、バス停の時刻表の写真を見せてくれた。

「この村から一番近いバス停の時刻表だけど……ほら、十六時十分まででしょう？　あと五分くらいしかないんだから、もう絶対に無理よ」

「え……そんな……ええっ⁇」

戸惑う慶太に、瑛梨は詳しく説明してくれる。それでようやく、慶太は己の過《あやま》ちを理解した。

時刻表には黒字で記された時刻と、赤字で記された時刻がある。十六時十分以降は、すべて赤字で記されていた。

この赤字で記された時刻を、慶太は〝土日祭日だけの便〟だと思った。今日は土曜日なので、赤字で記された一番最後の十九時十五分までバスがあるのだと。

しかし、そうではなく、赤字の時刻は〝土日祭日は運休する便〟だったのだ。時刻

表の隅《すみ》にある小さな文字の注意書きをよく読めば、確かにそう書いてあった。

「バスはもうない……。じゃあ、自転車で二時間か……」

慶太はがっくりとうなだれるが、瑛梨は嬉しそうにポンと手を叩いた。

「自転車で体力を使うなら、なおさらなにか食べていった方がいいんじゃない？　お手伝いさんに言って、夕食を早めにしてもらうから……ううん、せっかくなら泊まっていったら？」

「えっ？　いや、それは……」

「どうして？　あなた、学生さんだったわよね？　明日は日曜なんだから、学校は休みでしょう？　それとも今日中に帰らないといけない事情でも——バイトとか？」

「いえ、そういうわけじゃないですけど、さすがに申し訳ないというか……」

「あら、遠慮なんてしなくていいわよ。こういう田舎ではね、よそから来てくれたお客さんは精一杯もてなすものなの」

静穂のフェラチオで醜態をさらしてしまったが、慶太がこの村の稀人であることに変わりはない。村一番の名家であるこの大鷺家が稀人をもてなすのは当然のことなのだそうだ。

「あなただって、明日になればバスに乗って悠々と帰れるんだから、その方がいいでしょう？　うん、じゃあ決まりねっ」

瑛梨の手が、慶太の手をつかむ。ギュッと握って、そのまま屋敷の玄関へ向かって歩きだす。

慶太は戸惑いながらも、彼女の掌の感触に胸を高鳴らせた。彼女いない歴二十年の慶太にとって、こんなふうに異性に手を握られるのも初めてのことである。

(温かくて、柔らかい……ああ、ドキドキする)

こうして、瑛梨の勢いに押される形で、一晩やっかいになることとなった。

大鷺家の屋敷は、L字を左右反転させたような形をしていた。

といっても、横線の部分の方が母屋《おもや》で、縦線の部分よりずっと広い。縦線の部分には八畳間が三つ並んでいて、そこは普段は誰も使っていない部屋なのだそうだ。慶太はその奥の二部屋をあてがわれた。

「以前はお義兄《にい》さんの一家もここに住んでいたから、この三つの部屋も使っていたのよ」と、瑛梨が話してくれた。「でも五年くらい前に、お義兄さんたちは、遠くの大きな町に引っ越していったから、それっきりずっと空き部屋だったの。だから遠慮なく使ってね」

今、この屋敷に住んでいるのは、瑛梨の義理の父と母、義姉の静穂、そして大鷺家の次男である瑛梨の夫と、住み込みのお手伝いさんが一人――それに瑛梨を加えて、合計六人だそうだ。ちなみに瑛梨に子供はいないという。

部屋の障子《しょうじ》を開けると、広縁の向こうに庭が見渡せた。屋敷の立派さに見合った、なんとも見事な庭園である。

まず広い。一般的な広さの小学校なら、校舎も校庭も丸々収まってしまいそうだ。その中に数え切れないほどの植木が、綺麗に刈り込まれた状態で、随所に整然と配置されていた。太鼓橋の架《か》かった池や、石灯籠《いしどうろう》なんてものまであった。

夕食を頂いた後、慶太は風呂に入れさせてもらう。寝巻き用の浴衣《ゆかた》も出してもらった。豪勢な檜《ひのき》の風呂で汗を流し、あてがわれた部屋へ戻ると、一番奥の寝室に、ご丁寧に布団まで敷かれていた。まさに至れり尽くせりである。

(まるで高級旅館に泊まっているみたいだ)

移動中の電車やバスの中でも勉強できるように、教科書などをリュックに入れて持ってきたのだが、今夜はもう勉強する気にはなれなかった。

とはいえ、他にやることもない。イヤホンを耳に差し、スマホで音楽を流すと、部屋の電気を消して布団に寝っ転がった。

お気に入りの曲で緊張がほぐれてきたのか、次第にうとうとしてくる——。

身体を優しく揺すられて、慶太は目を覚ました。耳にはイヤホンがささったまま。音楽を聴きながら眠ってしまったのだ。

（だ……誰だ……？）

気がつくと、真っ暗だった部屋がぼんやりと明るい。枕元の電気スタンドだ。誰かが来て、電気スタンドを点灯し、自分を揺り起こそうとしている。

ようやく意識がはっきりしてきて、慶太は慌てて室内を見渡す。

寝床の横に正座し、手を伸ばして慶太の身体を揺すっていたのは——瑛梨だった。裾が足首まで届く白いネグリジェを着た瑛梨は、慶太と目が合うとにっこりと微笑《ほほえ》んだ。そして、こう尋ねてくる。

「あなたの家に柿の木はある？」

「は……？」しばらく慶太はぽかんと口を開けた。「い……いや、ないですけど。今住んでいるアパートの庭にも、実家にも……」

すると瑛梨は、橙色の仄《ほの》かな灯りの中でクスッと苦笑する。

「……そこは〝あります〟って言ってくれないと困るわ」

瑛梨が笑うと、あの特大サイズの胸元が艶《なま》めかしく揺れた。

ゆったりとしたAラインのネグリジェなので、ウエストや腰のラインはすっかり隠されていたが、豊満すぎる胸の膨らみだけは明らかだった。大きく盛り上がったネグリジェの布地が、二つの山の稜線からストンと真下に落ちて、カーテンのように垂《た》れ下がっている。ゆらゆらと波打っている。

「それで私が〝実《み》はよくなる？〟って質問したら、〝なります〟〝どうぞ、ちぎって食べてください〟と言ってほしいの」

慶太は身体を起こし、耳のイヤホンを抜いて、

「なんですか、それ……？」と尋ねた。

「柿の木問答っていうのよ」と、瑛梨は答える。「異性の寝室に忍び込んだとき、夜這いに行ったときなんかにする問答なの」

昔の日本の農村では、男が女の寝床に忍び込む夜這いが当たり前のようにあったという。初めての夜這い相手には、この柿の木問答をして、相手が自分を受け入れてくれるのか確かめたのだそうだ。また、新婚夫婦が初夜の寝床で、この問答をすることもあったのだとか。

「私のママがね、そういうことに詳しかったの」

瑛梨の母親は、昔の日本の歴史や文化にとても興味があった。それで柿の木問答のことも知っていて、瑛梨はその母親から聞いたのだという。

「さすがに今は、そんな夜這いの風習はなくなったけど……でも、なんだか素敵だと思わない？　セックスするかしないか、直接的な言葉で確かめるよりもずっとロマンチックよねぇ」

「え、え、ちょっと待ってください……よ、夜這いですって？」

「そうよぉ、うふふっ」

瑛梨は立ち上がると、ネグリジェをつまんで、ゆっくりと裾をめくり上げる。すね、膝に次いで、ムチムチと肉づいた太腿《ふともも》が露《あら》わになり——ついには華《はな》やかなレースに飾られた淡い紫色の三角形がじわじわと現れていった。

（パ、パンツが……うわわっ）

三角形の頂点のこんもりとした膨らみに、慶太の目はしばし釘付けとなる。

その間も瑛梨の手は止まらず、女体を覆う幕は上がり続けた。慶太が目を上げると、形の良いへその穴がすでに現れていて、今にも裾が胸元に差しかかろうとしていた。

いったいどんなブラジャーなんだろう？　パンツとお揃いなんだろうか？　しかし、慶太の予想は完全に的外れだった。

肌色の下乳が現れて、慶太はギョッとする。彼女はノーブラだったのだ。

並外れたボリュームの膨らみがすっかりさらけ出され、頂点に息《いき》づく突起も露わになった。電気スタンドの仄明《ほのあ》かりが、肉の膨らみと突起におぼろげな陰影を与え、それがなんとも官能的だった。

「いつも寝るときはオッパイをケアするためのナイトブラをつけているんだけど、外してきちゃった」

瑛梨は微かに頬《ほお》を赤くし、悪戯《いたずら》っぽく言った。

「慶太くん、どう？　私のオッパイ——この村で一番大きいのよ。触ってみる？」

「え……い、いいんですか？　は、はい、是非っ」

すると瑛梨は再び床に正座し、ネグリジェをめくり上げたまま胸元を突き出してくる。「はい、どうぞ」

慶太もいそいそと正座をして、激しく胸を高鳴らせながら両手を伸ばした。

ムニュッと、下乳の丸みをすくい上げるように鷲《わし》づかみにする。

（凄い、柔らかい……これがオッパイ……！）

初めてのその感触に感動が込み上げた。まるでつきたての餅《もち》のようだった。

それでいて肉房の芯には確かな弾力が感じられる。中玉スイカほどの大きさでありながら、ノーブラでも形がほとんど崩れていないのは、内側にある力強いものがバストをしっかりと支えているからだろう。それがこの弾力にも影響しているのかもしれない。

「ああ……本当に大きいですね。これだけ凄いと、何カップになるんですか？」

「うふっ、知りたい？　Ｊカップよ」

想像以上のアルファベットに、慶太は言葉を失う。

その反応がおかしかったのか、瑛梨は笑いながら言った。

「私のオッパイはね、ママ譲《ゆず》りなの」

瑛梨はやはりハーフだった。母親がロシア系のアメリカ人だという。日本好きの母親がアメリカから移住してきて、この山の麓の町で日本人と結婚したのだそうだ。瑛梨も大鷺家に嫁ぐまでは、麓の町で暮らしていたという。

（なるほど、アメリカンサイズのオッパイだったのか）

妙に納得した慶太は、目の前の爆乳に挑んだ。

変幻自在に形を変える肉房をせっせと揉みほぐし、両手からこぼれるほどの乳肉を揺らしてタプタプと波打たせてみたりする。掌に伝わるずっしりとした重みと、その堂々たる存在感に、強い感慨を覚える。

が、やがてそれだけでは我慢できなくなった。

思い切って、乳丘の頂の突起に軽く触れてみる。

「あんっ」と、瑛梨は微かに肩を震わせた。

「あ……す、すみません」

悩ましげな女の反応に驚き、慶太は思わず謝ってしまう。が、

「ううん、いいのよ。気持ち良くって、つい声が出ちゃっただけだから。……ねえ、もっとして」

翠の瞳がしっとりと潤《うる》んで、宝石の如く煌《きら》めいていた。瑛梨は、媚《こ》びるような熱い視線を送ってくる。

「は、はいっ」慶太は頭に血を上らせ、夢中になって乳首をいじり回した。

つまんでこねると、乳首はどんどん硬くなっていく。瑛梨は艶《なま》めかしい声を上げ、プルプルと身を震わせた。

人差し指と中指の間に膨張した肉突起を挟み、乳肉を鷲づかみにして揉みまくっていると、熱い吐息交じりに彼女が尋ねてくる。

「ああ、うぅん……慶太くん、ねえ、私のオッパイ、どうかしら？　大きなオッパイは好き？」

「ええ、もちろんです」慶太は力強く頷いた。

「うふふっ、本当？　嬉しいわぁ、ありがとう」

瑛梨は淫靡《いんび》に目を細める。ネグリジェをめくり上げていた手の片方を、慶太に向かって伸ばした。彼女の掌が、慶太の股間に被《かぶ》せられる。

とっくにフル勃起状態となっていたイチモツが、浴衣を大きく突き上げていた。瑛梨はそれを優しく撫で、軽く握ってくる。

「お、おうっ」

早くもカウパー腺液をちびらせて慶太が呻くと、瑛梨はますます好色そうな笑みを浮かべた。張り詰めた浴衣の膨らみを、よしよしと慈《いつく》しむようにさすりながら、

「あのね、男の人が大きいオッパイを大好きなように……女も、大きなオチ×チンには心奪われちゃうものなの」

静穂に口淫を施《ほどこ》されている慶太を見て、瑛梨はたまらなくなったのだそうだ。

「こんな立派なオチ×チンで貫かれたら、どれだけ気持ちいいのかしらって……。ねえ、いいでしょう？　慶太くんの〝柿の実〟、ちぎらせてくれるわよね？」

「い……いや、でも……」

「駄目？　私まだ一応二十代……二十九だけど……やっぱり慶太くんみたいな若い子

から見たら、もうおばさんなのかしら。抱きたいとは思えない？」

寂《さび》しげに顔をうつむかせる瑛梨。だが、それとは裏腹に、慶太の股間のテントをまさぐる手つきはさらに熱を帯びてくる。ボクサーパンツの生地が、充血した亀頭にゴシゴシと擦りつけられる。

「あううっ、そ、そういうことじゃなくて……え……瑛梨さんは、全然おばさんじゃないですけど……あの、だって、この家の奥さんなんですよね？」

人妻の乳房を揉み回すこと自体、充分に良くない行為だが、セックスまでしてしまったら完全にアウトだ。不倫だ。いくら性欲をみなぎらせた年頃の慶太でも、多少の躊躇いは禁じ得ない。

それに——慶太は夕食の前に、瑛梨の夫とも顔を合わせ、挨拶を交わしていた。瑛梨の夫は、田舎に住んでいることの劣等感や、裕福な名家の息子であることの自尊心をチラチラと垣間見せるような、卑屈《ひくつ》にして尊大な男で、慶太は正直なところ苦手に感じたが、だからといって妻を寝取ってやりたいとまでは思わなかった。

あの夫と同じ屋根の下にいるというのに、彼の妻とセックスをするというのは、あまりに大胆すぎる行為である。背徳感が半端《はんぱ》ではない。

だが瑛梨は、ひょいと肩をすくめて平然と言った。

「いいのよ、そんなの気にしなくて。夫とは、もう何年もないんだから」

しかも瑛梨の夫は、麓の町で愛人を作っているという。だから瑛梨がちょっとくらい他の男とセックスをしても、文句を言える立場ではないのだとか。

「……じゃあ、あの旦那さん、瑛梨さんみたいな魅力的な人をほっといて、よその女の人と浮気をしてるんですか？　僕には信じられないです」

「あらぁ、うふふっ」瑛梨は嬉しそうに微笑んだ。「慶太くんったら、可愛いこと言っちゃって……。じゃあ、私とするのが嫌ってわけじゃないのよね？」

「そ、それはもちろん」

「そう、だったら問題ないわね」

瑛梨は、慶太の股間から手を離し、めくり上げていたネグリジェを完全に脱ぎ捨ててしまう。そして、残るパンティも勢いよく両足から抜き取った。

欧米の血が入っているという瑛梨の身体は、日本人女性に比べて、それほど骨格ががっちりしているというわけでもなかった。肩幅が少々広めなくらいだ。だが、

(凄く綺麗だ……。ハリウッド映画に出てくる美人女優みたい)

そのスタイルには、やはり日本人離れしたものを感じる。絶妙な配分でブレンドされた筋肉と脂肪が、女体を美しく引き締めつつも、ムチムチと官能的に肉づかせてい

た。

特に目を引くのは尻から太腿にかけてのラインである。見事な肉量でありながら、丸々としたヒップの双丘がツンと上を向いている。そこから、臀部に負けぬほどボリューミーで張りのある太腿へと続いていた。もちろん、尻と太腿の間には、くっきりとした境界線が刻まれている。

「瑛梨さん、エクササイズとかしてるんですか？」

「え……？　そうね、身体を動かすことは嫌いじゃないけれど、でも特にトレーニングとかはしてないわ。バストラインを保つために腕立てをしているくらいかしら」

それでこの下半身ということは、やはり欧米の血のなせる業《わざ》かもしれない。

彼女自身もそのプロポーションには自信があるのか、瑛梨は立ち上がった状態で、慶太に見せつけるようにくるりと一回転した。慣性の法則に従い、爆乳がブルンと横に揺れる。

「うふふっ、さあ、慶太くんも脱いで」

「は、はい」

正座をした慶太の目の前に、瑛梨の股間が突き出されていた。髪の毛と同様、恥丘を飾るアンダーヘアの色もブラウンである。

股ぐらの奥は、電気スタンドの光が届かずに黒い陰となっている。慶太はゴクッと唾《つば》を飲み込んで、いそいそと浴衣の帯をほどいた。

4

慶太も全裸になると、瑛梨が尋ねてくる。どんなふうにしたいか？　どういう体位が好きか？

だが、童貞の慶太には答えようがなかった。悩んだ挙げ句、自分がまだ女を知らないことを正直に伝える。見栄《みえ》を張って経験済みを装《よそお》っても、どうせすぐにボロが出るだろうと思ったからだ。

慶太が童貞だと知った瑛梨は――しかし馬鹿にしてきたりはせず、がっかりした様子もなかった。それどころか、

「まあ！　私が初めての相手でいいってことね？　ああん、嬉しいわぁ。ドキドキしてきちゃった。うん、じゃあ、お姉さんがしっかりリードしてあげる」

彼女の指示で、慶太は布団の上で仰向《あおむ》けになった。エメラルドの瞳を輝かせた瑛梨が、慶太の腰の両脇に足を置いて、またがってくる。

「慶太くんは見ているだけでいいからね。うふふっ、ほぉら、入っちゃうわよぉ」

腰を落とし、蹲踞《そんきょ》の姿勢になった瑛梨は、下腹に張りついていた肉棒を握り上げ、垂直にし、女の中心にあてがった。

枕元の電気スタンドの灯りでは、結合の様子はおぼろにしか見えない。慶太にはそれがもどかしくもあり、同時に扇情的でもあった。はっきりと見えないことで、逆に淫らな想像が掻《か》き立てられる。さらには皮膚感覚が高まる。

粘液にまみれた柔らかいものが、ヌチュッと、亀頭に押し当てられた。窪みのようなところに鈴口が埋まって、女肉のぬくもりが伝わってくる。

次の瞬間、まずは亀頭が包み込まれた。柔らかく、弾力性に富み、驚くほど熱くてヌルヌルとしたものに。

「あっ、ううう……!?」

「はぅん、アソコの口が凄く広がっちゃってるわ。オチ×チンが入るの久しぶりなのに、こんな大きいの、大丈夫かしら……んんっ、で、でも、頑張るわ」

続いてペニスの幹が、心地良い感触にじわじわと侵食されていく。

(入っていく、どんどん呑み込まれていく……!)

慶太には、肉棒が膣穴を突き進んでいく様がありありと想像できた。やがて竿の根元を数センチ残し、亀頭が突き当たりに届くが、なおも挿入は続く。

ついに瑛梨のヒップが、慶太の腰に着座した。膣路を押し伸ばすようにして、巨根のすべてが彼女の中に収められた。

「あ、あぁ……凄いわ、慶太くんのオチ×チン……お腹がもう、パンパンになってる感じで……こ、こんなの初めて」

薄闇の中のハーフ美女の顔は、苦悶に歪《ゆが》んでいるようであり、喜悦に蕩《とろ》けているようにも見える。何度か深呼吸をしてから彼女は、ゆっくりと屈伸を始めた。

「それじゃあ、動くわね。ん……ううんっ」

熱い蜜肉とペニスが妖《あや》しく擦れだす。雁首の辺りまで肉棒が引き抜かれ、そしてまたズブズブと膣口の奥に埋め込まれていく。

「あはぁ……んんっ……どう、慶太くん、初めてのセックスは？」

「おっ、おううっ……え、瑛梨さんの中、物凄く気持ちいいです……！」

乳房を揉まれ、乳首をいじられたことで、彼女の身体は、すっかり男を迎える準備を整えていたようだ。膣内は火傷しそうなほど熱く、焼きたてのレアステーキの如くたっぷりの肉汁を滴《したた》らせている。

そして、女体のムチムチの肉づきは膣壷にも当てはまり、奥までみっちりと肉が詰まっている感じだった。中は狭く、慶太の太マラとの摩擦は実に強烈だ。しかし、擦れ合うごとに浸《し》み出してくる多量の牝粘液《めすねんえき》が、それを素晴らしい肉の悦《よろこ》びにしてくれるのである。

(静穂さんのフェラチオも、手コキより遙かに気持ち良かったけど……)

やはりセックスの快感は、女の肉穴の嵌《は》め心地は格別だった。

かつてない摩擦快感が、電気ショックの如く全身を痺れさせる。息が詰まるほどに圧倒され、気づいたときには射精感が限界を迎えようとしていた。

(くそっ……また呆気なくイッちゃうのか……?)

脳裏に静穂の顔が浮かび上がる。彼女の口淫にあっさりと精を漏らしてしまった慶太への、あの冷たい眼差しが——。

あのときの瑛梨は〝若いのだから仕方ない〟と慰めてくれたが、今また早漏の醜態を晒《さら》しても、彼女は赦《ゆる》してくれるだろうか? いや、駄目かもしれない。今度は瑛梨のエメラルドの瞳も凍りつくかもしれない。

少しでも射精を引き伸ばそうと、慶太は奥歯を嚙んで肛門を引き締めた。

そして、彼女の胸元に手を伸ばす。このままなにもせずに果ててしまっては、あまりに情けない。せめて彼女の乳房を揉み、乳首に愛撫を施さんとする。

だが、その手を瑛梨につかまれた。

しかしそれは、胸へのタッチを拒絶されたのではなかった。瑛梨は互いの指を絡め合うように手を握ってきて、頬を赤らめながら微笑む。

「うふふっ、こうやってセックスしながら手を繋《つな》ぐと、まるで恋人同士みたいね。私もなんだかドキドキしちゃうわ」

どうやら彼女は、慶太が手を繋ぐことを望んでいるのだと勘違いしたようだった。

そのうえ、握った手で自らの身体を支え、逆ピストン運動を加速させてくる。ヌチユヌチュと淫らな摩擦音が高まり、肉擦れの快感も膨らんだ。

「アッ……ちょっ……待っ……ううっ！」

「あはん、あぁ、いいわ、慶太くんのオチ×チン、奥にズンズン響いて……す、凄っ、い、いぃいんっ」

瑛梨のムチムチの太腿が躍動し、ふくらはぎとぶつかり合っては、そのたびに艶かしく押し潰される。

そして二つの巨大な肉房が跳ねる様は、下から見るとなおさら迫力を感じた。電気スタンドの薄明かりを受けて、下乳の陰影がダイナミックに形を変えていた。

（あ……だ、駄目だ、もう……！）

膣内の隅から隅まで刻まれた無数の襞《ひだ》が、雁首や裏筋に、ペニスのあらゆる性感ポイントに絡みついて、擦り立ててくる。

増長する肉悦の前で、セックスを知ったばかりの慶太はあまりに無力だった。

「く……うぅっ……す、すみませ……ウグーッ!!」

慶太が弱音を吐くや、堰《せき》を切って尿道を駆け上った樹液が勢いよく噴き出す。

「はうぅ……で、出ちゃったの？　あ、あ、奥に、ビュッ、ビューッて、当たってるわぁ……うぅぅん」

瑛梨は切なげに声を震わせ、戦慄きながら慶太の手を強く握ってきた。

間違いなく彼女はまだ達していない。慶太は射精の快感を味わいながらも、ドロドロとした惨《みじ》めな気分に囚《とら》われた。ギュッと握ってくる彼女の手の感触に——まるで責められているような、そんな気すらする。

吐精は繰り返され、釣り上げられた魚の如くビクンビクンと腰が跳ね続けた。

それがようやく治まると、慶太はゼエゼエと喘《あえ》ぎながら謝った。

「ご……ごめんなさい、瑛梨さん……僕……」

彼女の顔が見られない。慶太は目を逸らしながら、膣路の中のイチモツがしおしおと力を失っていくのを感じた。

すると、瑛梨の方が顔を近づけてくる。身を乗り出し、間近から慶太の顔を覗き込んでくる。

甘い吐息に頬を撫でられ、慶太は恐る恐る彼女に目を向けた。

電気スタンドの明かりに浮かび上がった彼女の顔――そこには非難や苛立《いらだ》ち、嘲《あざけ》りの色は、ほんのわずかにも存在していなかった。

「慶太くん、今までに最高で一日何回したことある？」

「え……？」

「オナニーの回数よ」瑛梨は口角《こうかく》を吊り上げ、悪戯っぽく微笑む。「若いんだから、いっぱいしてるんでしょう？」

急になにを尋ねてくるのかと、慶太は戸惑った。

が、早々に果ててしまった負い目から、恥ずかしくても正直に答える。

「前に一度だけ……一日に六回、したことがあります」

大学生として一人暮らしを始めたばかりの頃、誰の目を気にすることもなくAVが観られる喜びから、そんな自己ベストを記録してしまったのだった。

「六回も？　まぁ、本当に？」瑛梨は目を丸くする。「うちの夫は、丸一日頑張っても、最高で三回だったわ。慶太くん、いくら若いからって、六回は凄いわね」

「い、いや、僕だって、もちろん連続では無理ですよ。それに、六回出した日から数日はチ×ポがズキズキしちゃって……だから、その一度きりです」

「それでも大したものよ。そう——じゃあ、今日はまだできるわよね？」

そう言うと瑛梨は、握っていた慶太の手を放し、騎乗位の結合を解いた。そして後ろに身体をずらすと、慶太の股ぐらに身体をうずめる。

ザーメンだけでなく、己の分泌液にもまみれてドロドロの陰茎を、彼女は厭うことなく咥えた。先ほどの静穂の口淫にも劣らぬ舌使いで汚れを舐め清め、さらにペニスの急所をねっとりと刺激してくる。

「あうっ……そんな、待って……くううっ」

射精したばかりの過敏なペニスは鈍い痛みすら覚えたが、それも一瞬のこと。すぐに快感が女の唾液と共に浸み込んできて、再びの充血を促《うなが》した。

「ん……んむむ……ちゅぷっ……あん、顎が外れちゃいそう、うふふっ」

すっかり回復した屹立《きつりつ》を吐き出して、瑛梨が満足げに笑う。そして今度は彼女が布団に寝っ転がった。はしたなく股をM字に開き、

「さあ、来て、慶太くぅん」と、正常位での挿入を誘う。

やる気を取り戻した慶太は、彼女のコンパスの狭間に膝をついた。電気スタンドの

灯りを慶太の身体が遮《さえぎ》ってしまい、女の割れ目がほとんど見えなくなるが、すかさず瑛梨の手が伸びて、再度肉棒を導いてくれる。

「ここよ……ほら、わかる？　もう先っちょが少し埋まっているでしょう？　このまま前に突き出して」

「はいっ……う、ううっ」

瑛梨の中は、未だ女体が高ぶっているのを表しているのか、先ほどと変わらぬ強い熱を帯びていた。

慶太は、プリプリした弾力の太腿を両手で抱えると、初めて自らピストンを始める。たどたどしい抽送《ちゅうそう》だったが、瑛梨の口からはうっとりとした声が漏れてきた。

「おぅん……気持ちいいわぁ、本当に、このオチ×チン……あう、はうぅぅ」

「うっ、んっ……チ×ポが大きいと、そんなに、いいんですか……？」

こんな初心者の拙《つたな》い腰使いでも感じてくれるということは、よほどこのイチモツが優れているということなのだろうかと、慶太は思った。

「あ、あん……そうね、大きいと奥までしっかり届くし……それに鉄みたいに硬いから、子宮までズンズン響いてくるわぁ、お、おほぅ」

しかし、大きさと硬さだけではないという。慶太のペニスは、その形が実に魅力的なのだそうだ。

「慶太くんのって、バナナみたいに反っているでしょう？　おかげで膣内の気持ちいいところにグリグリ引っ掛かってくれるのよ。それが……ああっ、いひぃん」

それが形の良さの、まず一つ。

もう一つは、ペニスの幹が紡錘形《ぼうすいけい》であることだった。幹の真ん中辺りが、雁首や付け根の部分よりやや膨らんでいるのである。

「オチ×チンが出たり入ったりして、その一番膨らんでる部分が膣口を潜り抜けるたびに、グッ、グッて押し広げられるの。それが……」

「こ……こう、ですか？」慶太は大きなストロークで肉棒を抽送する。

「そ、そううっ」瑛梨の背中が跳ね上がり、双乳が波打った。「はあぁん、いいわぁ、それ、それっ、もっとして……膣口、グイグイ広げてぇ……！」

破廉恥《はれんち》な言葉で若牡におねだりし、女体を妖しくくねらせるハーフの人妻。

彼女の乱れ姿をもっとはっきり見てみたい気もする。天井の電灯からぶら下がる紐を引っ張り、部屋を明るくしようかと考えた。だが、

（……まぁいいか。この雰囲気も、これはこれで悪くないし）

暗い部屋の中、仄かな灯りを頼りにしての秘密の行為。それは親の目を盗んで真夜

中にこっそりテレビゲームをしているみたいな、修学旅行の夜に友達とスマホでエロ動画を観ているみたいな、なんとも胸躍らせる背徳感をもたらしてくれた。

一回射精したおかげで、多少は肉棒の感度も落ち着き、そういう雰囲気を愉《たの》しむだけの余裕が生まれたのである。

(瑛梨さんが優しい人じゃなかったら……最悪の童貞喪失で終わっていたな)

呆気なく精を漏らしてしまった慶太を、心もペニスも丁寧に励ましてくれた瑛梨。

その恩返しをせんと、慶太は感謝の情熱を込めて、嵌め腰を加速させていった。肉幹の膨らみで壺口を責め、上向きの反り返りで膣路の天井を引っ掻き、張り詰めた亀頭で一番奥の肉壁をノックし続ける。

「あはんっ、慶太くん、その調子よ。私、あぁぁ、イッちゃいそう、それ、そのまま続けてっ……うううぅん、アソコがジンジンするうぅ……！」

両手に抱えていた彼女の太腿が、じっとりと汗に濡れていた。悩ましげに揺れながら、ビクッビクッと痙攣《けいれん》を繰り返した。

柑橘系の匂いと潮の香りが混ざったものが、彼女の股ぐらから、熱気と共にますます濃く立ち上ってくる。ジュプッジュプッ、グチョッグチョッと、蜜壺を掻き混ぜる音が大きくなれば、ヨーグルトのような甘酸っぱい淫臭もそこに加わった。

（瑛梨さんが感じるほど、いろんな匂いが濃くなっているみたいだ）

手応えを感じて嬉しくなり、慶太はさらに力強く腰を振る。巨根を根元まで挿入し、膣底を抉《えぐ》り、女の股ぐらにパンッパンッパンッと腰を打ちつけた。

「あぁーっ、ダメ、ダメぇぇ……ううん、ダメじゃないのぉ、凄く、い、ひっ！　気持ちいいっ！　やっぱりオチ×チン、いいわ、オナニーなんかじゃ……くぅんっ」

影に染まった女体が妖しくのたうち、巨大な肉房の輪郭が忙しく左右に揺れ動く。

「え、瑛梨さんのオマ×コも……本当に、凄く……うううッ」

肉同士の摩擦が激しくなれば、当然の結果として、慶太の性感も増していった。

襞の隙間にスポンジの如く女蜜を溜め込んだ膣壁、それによって亀頭がツルツルに磨《みが》き上げられた。エラの出っ張りや裏筋、幹の隅々まで、強く甘やかに擦られた。

「ぼ、僕、またイッちゃいそうです。でも、できれば瑛梨さんをイカせるまで頑張りたい……！」

「あぁっ、が、頑張って、慶太くん……私も、もうちょっとだから、一緒に、ね、一緒にイキましょう……おほおっ、ほんとにイッちゃう。久しぶりのオチ×チンで、イク、イクわっ……ひっ、ひいっ……！」

瑛梨の両膝がガクガクと揺れだした。膣穴の中が狂おしげに波打ち始める。

それが絶頂の予兆だと、慶太は牡の本能で感じ取った。自らも射精感に追い詰められ、精子混じりのカウパー腺液をドクドクと漏らしつつ、懸命に腰を振り続ける。

「イッちゃう、イク、イクぅぅ……！　あ、あっ……来た、来たわっ……！」

まるで必死にすがるものを探すように、瑛梨の手が敷き布団をまさぐり——

ギューッと、力強くシーツを握り締めた。

「イクイクッ……イクぅぅーッ!!」

喉を晒して仰《の》け反《ぞ》り、瑛梨は全身を強張《こわば》らせる。膣口が、肉壺内が収縮し、断末魔の勢いでペニスを締め上げてくる。

「あっ、くうっ……ウウウーッ!!」

これまでで一番の快感がイチモツを襲い、慶太も絶頂を極めた。背中を弓なりに引き絞り、尿道口から白濁のエキスを放つ。

射精の量も勢いも、先ほど以上だった。そして相手と一緒に昇り詰めた達成感、満足感は、アクメの感覚をさらに甘美にしてくれた。慶太は瑛梨の太腿にしがみつき、身も心も蕩けそうになりながら、最後の一滴まで心地良く吐き出した。

腰の痙攣が治まり、慶太が太い吐息を漏らすと、瑛梨が両手を広げて促してくる。

「来て……慶太くん……！」

言われたとおりに身を乗り出すや、すかさず彼女の両腕が首に巻きついてきた。そのまま引き寄せられ、汗にまみれた女体に倒れ込む。Ｊカップの膨らみがクッションになって受け止めてくれた。

（……!?）

次の瞬間、彼女の朱唇が、慶太の唇に重ねられる。

慶太にとっては初めてのキスだった。呆気に取られているうちに、彼女の唇が、慶太の上唇と下唇を順番に挟んでくる。そっと咥えて、甘えるように引っ張ってくる。柔らかくツルツルした感触がくすぐったく、背筋がゾクゾクした。鼻腔を満たす女の吐息も、香水のようにかぐわしく官能的だった。

慶太が陶然《とうぜん》としていると、やがて瑛梨は唇を離し、真《ま》っ直《す》ぐに見つめてくる。

「静穂さんは無理だって言っていたけど……私はそうは思わないわ。慶太くんとのセックス、とっても気持ち良かったもの」

小さな子を褒め讃《たた》えるように、瑛梨の手が、優しく慶太の髪を撫でた。

そして彼女はこう続ける。「……だから、あなたならきっとお祭りの儀式を、牛頭《ごず》天王《てんのう》のお務めをやり遂げてくれるわ」

第二章　淫ら師匠は二刀流

1

「牛頭天王って……なんですか？」

初めて聞いた言葉だった。慶太が尋ねると、瑛梨はハグを続けたまま、睦言《むつごと》のように話し始める。それは、この村に古くからある言い伝えだった。

「牛頭天王っていうのはね、人の身体に牛の頭を持った神様で、疫病から人々を守ってくれるんですって。あと、農耕の神様でもあるらしいわ」

その牛頭天王が、昔、この杉見沢村に現れたのだそうだ。

三百年ほど前のことである。杉見沢村の近くの山には、天狗が棲《す》んでいたという。

当時はその天狗に、村から嫁を捧《ささ》げる風習があった。毎年新しい娘を一人、嫁として献上しないと、天狗が村に災いをもたらすというのである。

ある年、村を開拓した草分けの一族――大鷲家の娘が天狗の嫁に選ばれた。

娘はとても美しく、天狗は大喜びで娘とまぐわった。しかし、娘は少しも悦ばず、どれだけ天狗が頑張っても、一度も気をやることがなかった。

半年経った頃、とうとう天狗は腹を立て、娘を村に追い返した。その後、杉見沢村に呪いをかける。村の女の誰かが性悦に果てると、たちまち災いが降りかかるというのだ。その呪いをかけた後、天狗は姿を消してしまった。

村人たちは呪いを恐れ、女は決してイッてはいけないという掟《おきて》を作った。

が、絶頂を禁じられた女たちの多くは不満を募《つの》らせ、それから何年か経つと、掟を破る者が出てくる。

すると、本当に災いが村を襲った。日照りが続き、村を流れる川が涸《か》れそうになった。このままでは田植えを終えたばかりの水田も干上がってしまう。そのうえ、鶏や牛などの家畜が、原因もわからずに次々と死んでいった。

村人たちは、もぬけの殻となった天狗のねぐらへ行って、必死に謝ったが、災いは一向になくならなかった。

後は、できることといえば神頼みだけ。村人たちは、藁《わら》にもすがる気持ちで神に祈った。豊作と疫病退散を祈願する夏の祭りも行うことにした。

すると、その祭りの日に、村に一人の旅人がやってきた。こんな日に来てくれたお客さんだからと、大鷺家の者が旅人の男を招いて、丁重にもてなした。

四人の村娘に旅人の世話を任せたのだが、旅人はその晩、娘たちの全員と交わった。旅人が大変に美男子だったので、娘たちもつい身体を許してしまったのだ。そして、旅人との情交のあまりの気持ち良さに、娘たちは掟を忘れて皆昇天してしまった。

さらに旅人は、天狗を怒らせたあの大鷺家の娘に夜這いをかけようとするが、その前に夜が明けてしまう。旅人は、大鷺家の娘と交わることを諦めた。

その日、旅人は、「これで、いったんは天狗の祟《たた》りも落ち着くだろう」「私はいつかまたこの村を訪れ、四人と、さらにもう一人の女とまぐわう。その女たちがことごとく果てたとき、天狗の呪いは完全に消えてなくなるだろう」と言い残し、村を去っていった。

すると旅人の言ったとおり、翌日には雨が降りだし、川の水量は元に戻った。家畜も死ななくなった。

杉見沢村では、古くから牛頭天王を信仰していたので、あの旅人は牛頭天王の化身だったのだと、村人は信じた。それ以降、夏の祭りの時期に、村の外から男がやってくると、牛頭天王が戻ってきてくれたのだとして、五人の村の女を抱いてもらう風習が生まれた。それがこの村の祭りの儀式となった。

が、一晩で五人の女を昇天させる男は一人も現れなかった――。

「そんなお伽話《とぎばなし》みたいなのを、村の皆さんは信じているんですか……？」

瑛梨の話を聞いて、村人たちが慶太を大鷲家に連れていった理由がわかった。静穂がフェラチオまでして慶太を試した事情も理解できた。

だが、この令和のご時世に、未だにそんな非現実的な話を信じている人たちがいるというのは驚きだった。訝《いぶか》しい思いがつい顔に表れてしまう。

「私は信じてないわよ」と、瑛梨は苦笑いを浮かべた。

村の若者たちの中にも、その言い伝えを信じぬ者は少なからずいるという。

しかし、そういう者たちはだいたい村を出ていってしまう。そして残された村人たちの多くは、今でも天狗の呪いを信じていた。

「たとえばね、村でなにか不幸なことが起こったとするでしょう。だけど天狗の呪いなんて関係なく、どうしたって悪いことは起きるものよ」

そういうたまたまの不幸があったとき、誰かが「ああ、天狗の呪いだ、祟りだ」と言いだせば、皆もだんだんそう思えてくる。そうして迷信が根強く残り続けたのだろうと、瑛梨は言った。

おかげで村では、夫とのまぐわいの際にイッてしまうのを避ける人妻が、未だに多いのだという。

「しょせん迷信なのだけど、それでも現実の生活に影響があるのは困ったことね」と言って、瑛梨は溜め息をこぼした。

「ただでさえ過疎化が進んでいるのに、いつまでも天狗の呪いなんて言ってたら、ますます若い子が村を去ってしまうわ。だから慶太くんにお願いしたいの」

慶太の首筋に腕を絡めたまま、瑛梨は、美しく筋の通った鼻の先を、慶太の鼻にツンと当ててくる。

電気スタンドの灯りが届かず、彼女の表情はほぼ見えなかった。だが、真剣な眼差しで見つめられているような気配は感じた。静かな口調で彼女は言った。

今年の稀人になって、五人抜きの儀式をやり遂げ、この村の迷信を終わらせてちょうだい——と。

2

稀人の役を引き受けると、次の土曜日までのほぼ一週間、杉見沢村に滞在し続けなければならないという。

前期テストを控えた大事な時期ではあるが、慶太には、童貞を卒業させてくれた瑛梨の願いを断ることはできなかった。

それに稀人として祭りに参加すれば、村の五人の女性とセックスができるというのだ。そんな経験ができる機会は二度とないだろう。慶太は性欲にあらがえなかった。

翌日、朝食の後に、静穂と瑛梨、慶太の三人で話し合いをする。

大鷺家の長女は、代々この村の神社の巫女《みこ》を務める決まりになっていて、静穂は祭りの準備などにも大きくかかわっているのだそうだ。

慶太は静穂に、今度の祭りに是非出たいと伝えた。すると、

「でも、昨日は一回出しただけでしおれてしまいましたよね？　あれでは、とてもお務めが果たせるとは思えません」と、静穂は首を振った。

「いや、昨日のあれは、その……」

「あれはね、静穂さん、たまたま調子が悪かっただけなんですって」

慶太が口籠《くちご》もっていると、すかさず瑛梨が助け船を出してくれる。

「慶太くんって、実はとんでもない絶倫で、毎日六回のオナニーも余裕らしいですよ。ちょっと早くても、回数で充分にカバーできます。ねえ、慶太くん？」

「えっ？　い、いや、六回というのは……」

「そうよねっ？」

「は……はぁ」

瑛梨に強く押し切られ、慶太は言葉を呑み込んだ。静穂は「毎日六回ですか。それは凄いですね……」と目を見張る。すっかり信じてしまったようだ。

しかし、それでも静穂は、まだ気が進まない様子だった。これまでにも精力自慢の稀人が儀式に挑んだことがあったが、結局は失敗したという。

「肝心なのは五人の女を昇天させることです。それができなければ、たとえ十回、二十回と射精できようが、儀式は終わりません。失礼ですが三上さんは、女を絶頂へ導くことにそれほど長《た》けているようには見えませんが……」

「大丈夫です。慶太くんには、お祭りの日まで特訓してもらいますから。私が責任を持ちます」

瑛梨が自信満々に胸を叩き、Ｊカップの爆乳が大きく弾《はず》んだ。

静穂は慶太の方をチラリと一瞥《いちべつ》し、小さな吐息をこぼす。

「……わかりました。瑛梨さんがそこまで言うなら、稀人様である三上慶太さんに、今年の祭りに出ていただきましょう」

慶太は、祭りの日までこの大鷺家に滞在することとなった。その間、己の身に牛頭天王を宿した慶太は、村の女たちを絶頂させても構わないという。

「特訓をするというのなら、そういうこともあるのでしょう？　瑛梨さん」

「ええ、まあ」瑛梨は悪戯《いたずら》っぽく笑い、ちろっと舌を出した。

「ただし――当然のことですが、無理矢理に女を犯すのは駄目です。神様に選ばれた者にふさわしい行動を心がけてください。いいですね？」

「は、はいっ」

静穂の冷たい瞳に見据えられ、慶太は身震いしそうになりながら何度も頷いた。

祭りの当日まで、稀人である慶太の面倒は、すべて瑛梨が見てくれることとなる。

約一週間、屋敷に滞在することとなったので、慶太は改めてこの家の人々に挨拶した。瑛梨の義父母である、大鷺家の当主の男とその妻は、よほど信仰心が強いのか、慶太のことを本当に神様だと思っているみたいに恭《うやうや》しく接し、「お望みがあれば、なんでも遠慮なくおっしゃってください」と言ってくれた。ただ、瑛梨の夫は、自分の妻がよその男に付きっ切りになるのが面白くなさそうだった。

滞在中の下着などの着替えは大鷲家で用意してくれるという。ありがたいことに、洗濯もすべてお任せでいいそうだ。

村から出られないので、明日からの大学の講義はすべてサボることになる。祭りが終わったら、同じ講義を受けている友達に頼み込んで、ノートを見せてもらわなければならない。

ただ、前期テストの範囲はすでに聞いていたので、ここにいる間もテスト勉強は一応できる。いくつかの教科書はリュックに入れて持ってきたし、ノート代わりのタブレットもあった。慶太は紙のノートを使わず、授業中はタブレットのノートアプリに書き込んでいるのである。映画研究部の先輩に同じ学部の人がいて、その人からもらった過去問のデータも、そのタブレットに入っていた。

慶太にあてがわれた二つの部屋の片方には、床に座って使う机——文机《ふづくえ》があり、テスト勉強をする環境は充分に揃っている。静かな自然に囲まれ、ゲームや漫画などの誘惑もなく、むしろ自宅アパートにいるより勉強がはかどるかもしれない。

そして食事も美味《おい》しい。村一番の名家らしく、高級旅館もかくやという料理が出てくる。例のお手伝いさんが、相当な料理上手なのだそうだ。

一つ難点があるとすれば、〝稀人様と一緒に食事をするのは畏《おそ》れ多い〟という理由で、大鷺家の人々と同じ食卓にはつけないことである。慶太は、一人の部屋で黙々と食べなければならなかった。

(まあ、それでも……これで一週間、無料で泊まれるというのだから悪くない)

昼食の後、亜鉛やマカ、アルギニンなどが含まれたサプリを渡された。勃起力向上の効果があるらしく、祭りの日まで毎日呑まなければならないという。

昼食の後片づけを終えた瑛梨が戻ってきて、

「もうしばらくしたら、いよいよ特訓を始めるわよ」と言った。

なんでも、この村で最も女をイカせるのが上手な人に来てもらい、セックスのレクチャーを受けるのだそうだ。

「村一番のテクニシャンってことですか……。これまでに、そういう人が稀人として来ていたら、お祭りの儀式も成功していたかもしれませんね」

「う……ううん、それがね……」

内緒よ、特に静穂さんには——と前置きして、瑛梨はひそひそと話す。

実のところ瑛梨は、今までに何人ものセックス自慢の男をこっそり雇って、祭りの日に送り込んだのだそうだ。そういうズルは良くないと、これまでは考えられてきたらしいが、瑛梨は気にしなかったという。

が、それでも五人抜きは果たされなかった。

五人の女の中には、大鷺家の長女が必ず選ばれることになっている。かつてこの村に来た牛頭天王の化身が、五人目の大鷺家の娘を抱けなかったので、同じ血筋の女と交わってもらおうということらしい。

「ところが静穂さんは……ううん、静穂さんだけじゃないわ。この家に生まれた女性は、みんな、どういうわけか……イカないのよ」

天狗がどれだけ頑張っても絶頂させられなかった——その娘の体質が延々と受け継がれているかのようだった。村の神社に残されている記録によると、一晩で四人の女を昇天させた稀人は過去に何人かいたが、五人目の大鷺家の女がどうしても駄目だったという。

「そんな……だったら僕みたいな童貞上がりじゃ、なおさら無理のような……」

「ううん、そんなことないわ。慶太くんは、とっても素敵なオチ×チンを持っているじゃない」

畳の上に座っていた慶太の横に、瑛梨が身を寄せてくる。

彼女の手が、慶太の股間を優しく撫でてきた。ズボン越しの感触が若茎に快美感をもたらし、慶太は身体を熱くする。

「……テクニックは練習して身につけることができるけど、このオチ×チンは天性のものよ。だから自信を持って、ね？」

「ううっ……は、はい……」

そのとき、お手伝いさんがやってきて、「お客様が参られました」と、障子越しに瑛梨に伝えた。お客様――例のテクニシャンだろう。慶太の股間から手を離し、瑛梨は立ち上がって迎えに行った。

慶太は深呼吸をして心を落ち着け、部屋で待ち続ける。

やがて瑛梨が戻ってくると、彼女が連れてきた者たちを見て、慶太は呆気に取られた。

それは、二人の若い女性だったのだ。

(女をイカせるのが上手っていうから、てっきり凄いイケメンか、スケベそうなおじさんが来るんだと思ってた……)

戸惑う慶太に、瑛梨が二人を紹介してくれる。

「こちら、月山亜貴《つきやまあき》さんと朝井知絵《あさいちえ》さん。慶太くんに教えてくれるのは亜貴さんで、知絵さんは慶太くんの練習相手になってくれるんですって」

月山亜貴は、杉見沢村に一軒のみの診療所の娘だそうだ。婿養子の夫が医師で、彼女は看護師の資格を持っているという。

朝井知絵は、同じく村に一軒の電器店の娘で、やはり婿養子の夫がいるらしい。つまり、二人とも人妻というわけだ。

「そ、そうなんですか……。よろしくお願いします。月山さん、朝井さん」慶太は頭を下げ、それから二人の女性を交互に見た。

亜貴は——ある意味、イケメンだ。ショートヘアに涼やかな瞳。立ち姿も宝塚の男役のように凛々《りり》しく、身長は百七十センチ以上ありそうである。スキニーのデニムパンツを颯爽《さっそう》と穿きこなしている。

一方、知絵の方は、亜貴とはまったく違うタイプだ。おそらく慶太より年上なのだろうが、身長は百五十センチほどで、顔立ちはどことなく少女っぽく、〝美しい〟よりも〝可愛い〟という言葉の方がふさわしい女性である。ぱっちりとした猫目で、興味津々《しんしん》であることを隠そうともせずに慶太を見つめてくる。

「よろしくねぇ、慶太くん。あたしたちのことも名前でいいよ。ねぇ、あっちゃん」

あっちゃんとは、亜貴のことだろう。「そうだね」と言って、亜貴も頷いた。

(ずいぶん仲良さそうな二人だな。まるで年の離れた姉妹みたいだ)

亜貴は三十代、知絵は二十代の中頃に見える。親戚同士か、ご近所さんの幼馴染みか——いや、こういうところでは、村人全員が家族みたいなものなのかもしれない。

「亜貴さんはね、この村のアイドルなのよ」と、ニヤニヤしながら瑛梨が言った。

そう言われて、亜貴は苦笑した。しかし、否定はしない。

なんでも亜貴は、ハンサムレディと呼ぶにふさわしい中性的な美貌のおかげで、村の多くの女たちから慕《した》われているという。

小学生の頃から女子にモテモテで、ファンクラブのようなものまであったそうだ。そんな亜貴は、男も女も等しく愛せる質《たち》——つまりバイセクシャルで、言い寄ってきた女の子と性的な関係になることも少なくなかったという。

この小さな村でも、亜貴の手で愛されることを望む女は、片手では足りないほどだそうだ。天狗の呪いを信じていない相手ならば、亜貴は遠慮なく絶頂まで導く。亜貴にイカされたことのある女たちは、一様にそのテクニックを絶賛するのだそうだ。

「そうなんですよね? 知絵さん」と、瑛梨が尋ねる。

「そうねぇ、まあ、この村の男の人としかセックスしたことない女の人には、あっちゃんの愛撫は特に衝撃だと思うわ」

杉見沢村の男のほとんどは天狗の呪いを信じていた。よって、女を一度も昇天させたことがないという者たちばかりなのだとか。

女を悦ばせようという発想すらない者も少なくないという。前戯の愛撫も濡らすことだけが目的という有様で、これではテクニシャンの男などいるわけもない。

そうなると、女同士の蜜戯で腕を磨いてきた亜貴の方が、遙かに優れた手技、口技を持っているということになる。そもそも亜貴自身が女なのだから、女の性感には当然詳しいのだ。慶太にセックスのレクチャーをする人物としては打ってつけというわけである。

(僕も、男に指導されるより、綺麗なお姉さんに教えてもらった方が楽しいしな)

慶太がそっと亜貴を眺めると、視線に気づいた彼女が微笑んでくれた。美しくも爽やかな眼差しを向けられ、慶太はドキッとして慌てて目を逸らす。女だけでなく男も惹《ひ》きつける魅力が彼女にはあった。

「そういうわけで、私が亜貴さんにお願いして来てもらったの」と、瑛梨が言う。

「最初は私が、慶太くんの練習相手になるつもりだったんだけど——」

亜貴から話を聞いた知絵が、是非、自分も協力したいと言ってきたのだそうだ。

亜貴と知絵は同い年の幼馴染みで、大の親友同士だという。それを聞いた慶太は、

「え……同い年なんですか？」と、驚きの声を上げた。

「そうよ、あたしたち二人とも三十五歳」と、知絵が答える。

三十五歳と聞いて、ますます慶太は唖然とした。落ち着いた大人の雰囲気を持つ亜貴が三十五歳というのは納得できたが、しかし知絵の方は、亜貴よりもずっと年下に見えた。二十五歳と言われても不思議には思わなかっただろう。

「知絵の年齢を聞いたら、たいていの人はびっくりするよね。ほんと知絵って、ちっちゃいし、子供顔だし、昔と全然変わらずに可愛いよ」

少しも照れず、にこやかな表情でさらりとそう言う亜貴。そんなところがまたイケメンだ。知絵は呆れた顔で、

「もう、あっちゃんってば、すぐそういうこと言うんだからぁ」

と言うが、微かに頬を赤く染めて、内心は嬉しそうである。

「だって本当のことだもの。ねえ、慶太くんもそう思うよね？」

「え？　ええ……そ、そうですね」

慶太は顔が熱くなるのを感じながらボソボソと呟いた。

「やだぁ、慶太くんまで……もう、大人をからかっちゃ駄目よぅ」

知絵は両手を頬に当て、恥ずかしげに身をくねらせて、まるで本当に少女みたいだ。しかし彼女には、そんな可愛らしい仕草がよく似合った。

ただ、そのブラウスの胸元だけは——大人の女にふさわしい豊かな膨らみである。瑛梨のJカップには及ばないが、知絵の、小学校高学年の女子程度の身長にはかなり目立つ。

「……さてと、じゃあ後はよろしくお願いしますね。慶太くん、頑張って」

亜貴と知絵の紹介が終わると、瑛梨は一礼して部屋を出ていった。

今日は日曜日だが、昼前から瑛梨の夫も、義父母も、それぞれの用事で麓の町に出かけているという。静穂も神社の仕事があるということで外出中。お手伝いさんは、こちらが呼ばない限り、慶太の部屋には近づかないことになっているので、特訓の邪魔が入ることはないそうだ。

三つ並ぶ八畳間の一番奥——寝室として使っている部屋へ慶太たちは移動した。そこには、すでに敷き布団が準備されている。慶太が昼食を食べていたときに、瑛梨が敷いておいてくれたのだ。

(練習相手になってくれるってことは、今からこの知絵さんとセックスを……)

愛らしい若熟女《わかじゆくじよ》の胸の膨らみをチラチラと盗み見る慶太。

股間のものが脈打ち、静かに疼《うず》きだした。

3

「それじゃあ始めようか。まずは慶太くん、知絵の服を脱がせて」

イカせ上手のバイセクシャル麗人による特訓が早速始まった。慶太は胸を高鳴らせながら知絵のスカートを脱がせ、ブラウスのボタンを一つ一つ慎重に外した。女の胸元が次第に広がり、魅惑の谷間が垣間見える。

震える指でブラウスを脱がせると、小さな青い花の刺繍《ししゅう》がいっぱいに散らばる、可愛らしいブラジャーとパンティが現れた。

やはり胸の膨らみはふくよかである。腰や太腿にもムッチリと脂《あぶら》が乗っている。子供っぽく見えるところがあっても、間違いなく大人の女なのだと思わされた。

「知絵って女の子みたいに可愛いのに、エッチな身体してるでしょう？　そこがたまらないんだよねぇ。ふふっ、慶太くんもそう思わない？」

「そ、そうですね」

見た目は凛々しく美しい亜貴だが、言っていることは、やりたい盛りの男子と変わ

らないような気がした。これまでに相当数の女性と関係を持ってきたらしいし、

(亜貴さんって、男に負けなくらいの女好きみたいだな)

そう思うと、不思議と親近感が湧いてくる。慶太は亜貴と、仲良く知絵の身体を観察した。「亜貴さんは女性の身体のどこが一番好きなんですか?」と尋ねると、亜貴はしばし考えた後、微笑みながら答えた。「やっぱりオッパイかな」

「あのね……二人とも、そういう男子トークは後にしてくれる?」

知絵が顔を赤らめ、ジロッと睨みつけてくる。二人で知絵に謝り、特訓を再開した。

慶太は、下着姿になった知絵の背後に回り、亜貴に教わりながら生まれて初めてブラジャーのホックを外す。ブラジャーのサイドベルトの裏側にタグがついていて、サイズの数値などが記されているのが一瞬見えた。Eカップだった。

パンティはまだ残して、知絵に布団の上で仰向けに寝てもらう。柔らかな乳肉は、しかしベチャッと広がったりせず、丸々とした膨らみを維持したまま。双丘の頂点では桃色の突起が、しっかりと天井を向いていた。

「じゃあ、オッパイの愛撫から始めようかな。慶太くん、私の真似をしてみて」

知絵の横に正座をして、亜貴がEカップの膨らみの右側を揉み始めた。

同性に乳房を触られても、知絵は少しも嫌そうではない。それどころか、うっとり

とした表情で亜貴を見つめている。

（ということは、知絵さんもバイセクシャルなのか……？）

わからないが、今はとにかく特訓に集中する。

慶太は左の乳房を、亜貴と同じように揉んだ。大きく広げた掌にもわずかに余る肉房を、最初はそっと、少しずつ力を込めて、ニギニギと揉み込んでいく。

（柔らかくて、弾力もあって……掌が気持ちいい）

次第に知絵は艶めかしく吐息を乱していった。慶太と亜貴を交互に見てから、照れたような笑みを浮かべる。

「二人の人に同時にオッパイ揉まれるなんて初めてだわ。ふふっ、なんだか変な感じ……あ、あぅんっ」

ビクッと柔肌を震わせる知絵。これまで肉房を揉むだけだった亜貴の指が、ついに乳首に触れたのだ。すかさず慶太も真似をし、可憐な肉の蕾《つぼみ》を下から上へ弾《はじ》いてみる。

そして、指の腹で優しく根元から撫で上げる。

「はうっ……う、うぅん、それ、感じちゃうぅ……！」

「慶太くん、乳首を撫でるときは、軽いタッチでね。鳥の羽根でくすぐるようなイメージだよ。でも、つまむときは、こんな感じにキュッキュッとね」

「こ、こうですか？」

仔猫が母猫の真似をして狩りの練習をするように、慶太は亜貴の指使いを目に焼きつけては、反対側の乳首でそれを再現しようと試みた。ときに触れるか触れないかの力加減で撫でつけ、ときに小気味良くつまんで押し潰す。

「ひ、ひぃん、乳首が、ジンジンしてたまらない……あうぅ、そんなに引っ張っちゃ……くっ、くうぅんっ」

悩ましげに首を振って身悶える知絵。ムクムクと勃起する乳首。

やがて亜貴の指が止まる。「いいね、慶太くん、とっても呑み込みがいいよ。うん、じゃあ次は、口で咥えてみて」

「はいっ」

慶太は四つん這いになり、乳房に口元を寄せていった。柑橘系の甘酸っぱい香りとミルクのような優しい匂いが、乳肌から漂い、鼻腔に流れ込んできた。

プルプルと揺れる肉房が、まるでフルーツゼリーかプリンのように思えてくる。食欲をそそられ、その頂《いただき》にパクッと食いついた。口内に溜まってきた唾液を舌に絡め、ねっとりと舐め上げる。だが甘くはない。仄かな塩味だ。

亜貴が慶太の隣にやってくる。「こんな感じでやってみて」と言い、彼女は慶太の手を取って、中指を咥えた。慶太の指を乳首に見立てて、舌の使い方を教えようというのだ。

　たっぷりのぬめりをまとった彼女の舌が、中指を舐め回してくる。示された手本ど
おりに慶太は舌を操った。口の中で飴玉を転がすように、勃起してコリコリになった
乳首を舌先でこねていく。

「あぁん、それ、あっちゃんの舐め方……あう、んんっ、気持ちいいっ……！　あ、
あっ、噛む力も一緒ぉん」

　亜貴は中指を甘噛みし、尖らせた舌でレロレロと指先を弾いてきた。指フェラの感
触にゾクゾクしながら、慶太も同様の舌愛撫を施した。

　さらには頬が凹《へこ》むほど乳首を吸い上げ、チュパッと勢いよく唇を離す。

「ふひっ……イイイッ！　あぁ、それ、好きぃいっ」

　知絵は艶めかしい悲鳴を上げ、ガクガクと身を震わせた。それを二、三度繰り返す
と、荒い呼吸でぐったりしてしまう。

「だ、大丈夫ですか、知絵さん……？」

「はぁ、はぁ……も……もうダメ、イッちゃいそう……」

　ムッチリした女体が赤く火照《ほて》っていた。額や胸元には汗の玉が浮かび、とろんとし

た瞳は色っぽく潤《うるお》っていた。苦しげに眉根を寄せているのに、なんとも嬉しそうな、淫蕩な牝の表情だった。

「知絵は乳首がとっても敏感なんだよ」と、亜貴が言う。「このまま続けたら、ほんとに乳首だけでイッちゃうよ。ふふっ、エッチだよねぇ」

「なによぉ……それは、あっちゃんがいじくりまくったからでしょ」

知絵が恨めしげに亜貴を睨んだ。

亜貴が初めて女同士の蜜戯に及んだのは高校一年生のときで、その相手は知絵だったという。それ以来、知絵は数えきれぬほど亜貴にイカされたそうだ。

執拗《しつよう》な愛撫によって乳首は開発されすぎてしまい、知絵は赤ん坊に授乳をするときでさえ感じてしまったのだとか。

「知絵さん、お子さんがいるんですか？」

「ええ、中学生の息子がね」

亜貴にも子供がいて、小学生の女の子だという。

二人とも、夫も子もいるのに、女同士の淫らな関係もある。慶太にそれを責める気は毛頭ないが、

「じゃあやっぱり……知絵さんもバイセクシャルなんですか？」

その問いに、知絵は難しい顔をして首を傾げた。

「ううん、どうかしら……。あっちゃんにエッチなことされるのは嫌じゃないけど、他の女の人ともそういうことをしたいとは思わないなぁ」

すると、亜貴が意地悪っぽい笑みを浮かべ、

「でも、若い男の子とは、セックスしてみたいんだよね？」

「それは、だって、今年の稀人様はすっごいオチ×ポだっていうから……」

恥じらいながらも知絵は、助平な年増女の眼差しを慶太に向けてきた。

今日の午前中、瑛梨が亜貴の家に行って、慶太の特訓の協力をお願いしたとき、たまたまその場に知絵もいたのだそうだ。そこで瑛梨から、慶太のイチモツの話も聞いたという。

「い、いや、そんなに期待されても困ります。ちょっと大きいだけで……まあ、形もいいらしいですけど……」

いつしか二人の人妻の視線は、慶太の股間に向けられていた。若茎はもはや剛直と化し、ズボンの布地を突き破らんほどに猛っていた。

だが、まだセックス本番とはならない。女体をオルガスムスへ導くための前準備である愛撫——その練習は未だ終わっていないのだから。慶太は亜貴の指示を受け、知

絵のパンティに手をかける。

知絵も横たわったまま腰を持ち上げて、脱がしやすいように協力してくれる。慶太が花模様のパンティをずり下ろしていくと、股布が最後まで股間の中心に張りついた。ヌチュッと股布が剝《は》がれると、女陰との間に透明な太い糸を引いた。

「やぁあん、慶太くん、恥ずかしいからあんまり見ないでね」

パンティは、特に股布の部分は、多量の愛液を吸って重たくなっている。

見るなと言われると、その有様をむしろじっくりと観察したくなったが、我慢して、彼女の脱いだ服のそばに置いた。

(今から、パンツの濡れ染みなんかよりもっと凄いものが見られるんだから)

知絵がゆっくりと股を開き、その狭間《はざま》に、慶太は腹這いになる。

昨夜、瑛梨としたときは、部屋が暗くてよく見えなかった女の秘部。それが今、はっきりと見えた。

(おおぉ、生のオマ×コだ)

ムッチリとした太腿の合わせ目に、肉のスリットが深く刻まれていた。

その内側はまるで傷口のようで、ヌラヌラしたピンクの粘膜を覗《のぞ》かせている。

浸み出した粘液は広範囲に広がっていたらしく、薄めのアンダーヘアが濡れた恥丘に張りついていた。淫らな肉花も女蜜漬けになって、左右の花弁がぴったりとくっついている。

慶太が顔を近づけると、甘い牝臭を孕《はら》んだ熱気が、むわっと頬を撫でた。その刺激的な匂いだけで、ドクドクと先走り汁をちびってしまった。

亜貴の指導を受けながらクンニの練習が始まる。慶太は鼻息を荒らげつつ、張りついた花弁を剝がして左右に広げる。

「あぁん、慶太くんに、あたしの全部見られちゃった……恥ずかしい」

羞恥《しゅうち》に膝を震わせる知絵。しかし太腿を閉じたりせず、女の中心で若牡の視線を受け止め続けている。

肉裂の中の凹みが妖しく蠢き、一瞬口を広げてドロリと愛液を吐き出した。

なんてエロいんだと、慶太は目を見張る。この光景だけで充分すぎるほどのオナニーのオカズになるだろう。今すぐ肉棒をしごきたくてたまらない。スマホで写真に
——いや、動画だ。ヒクヒクと息づく媚肉《びにく》の様子までしっかりと収めたい。

込み上げる衝動を抑《おさ》え込《こ》み、慶太は二枚の花弁に舌を這わせた。粘つく牝汁を丁寧に舐め取ると、乳酸飲料のような仄かな甘味が舌に広がった。

「そうそう、小陰唇を口の中に含んで、しゃぶるように舐めるのもいいよ。その次は

膣口を舌先でほじくって……うん、うん、舌を硬くして、穴に出し入れして……ほら、どんどんエッチなお汁が溢れてくるだろう？　嫌じゃなかったら飲んでみて。こう、穴の口に吸いついて直接……」

「はいっ。んむ……じゅるっ、じゅるるるっ」

「あ、あうっ、吸っちゃいやぁん。ああっ、子宮が吸い出されそう……！」

慶太は膣口に唇を押し当て、頬が窪むほどに吸い上げた。女の熱い蜜で喉を潤す。吸っても吸っても、次から次へ新しい蜜が溢れてくる。知絵は腰を戦慄かせ、太腿の内側で慶太の頬をギューッと挟みつけた。しかし慶太に痛みはなく、柔らかな肉の感触は心地良いばかりである。

「……さて、もういいかな。じゃあ、次はいよいよクリトリスだね」

亜貴はそう言うと、ラビアの合わせ目にある包皮に指先を当て、ゆっくりと円を描いた。

「敏感なところだからね、最初は皮の上からこうするだけでも充分だよ」

「あっ……はぁ……いい、ううぅん」

うっとりとした知絵の声。腰のうねりも悩ましげにして穏やかだ。

亜貴から慶太にバトンタッチする。慶太もそっと包皮を撫で回した。中身が膨らんで硬くなっていくのが指の感触でわかった。

そのことを告げると、女芯の包皮を剝いてみるように言われた。肉のベールを指でつまんで軽く上に引っ張ると、パンパンに膨らんだ肉豆が、途端にツルンと顔を出す。

「あうんっ」知絵の身体が小さく跳ねた。

「それじゃあ、直に触ってみて」と言い、亜貴がやり方を教えてくれる。慶太はそのとおりに、溢れる愛液を指先ですくい取り、クリトリスに塗《ぬ》りつけながら撫でていった。先ほど乳首にしたときのように、指の腹を微かに触れさせる感じで。

「最初は……優しく、優しくね」

「はい」

やっている方が焦《じ》れったくなるような、これ以上ないほどのソフトタッチ。しかし知絵はみるみる吐息を乱し、火照った柔肌をプルプルと震わせるようになる。

「はあぁ、いいぃ……慶太くん、上手よぉ、その調子いぃ」

今や桃色真珠は小指の先ほどに膨らんでいて、慶太はそれを淫蜜で磨いていく。

知絵の喘ぎ声はどんどん熱を帯び、悩ましげになり、それが牡の官能を高ぶらせた。

無意識のうちに指使いにも力が籠もり、グッ、グッと押し潰すようなことまでしていた。が、知絵は嫌がるどころか艶めかしく身をよじり、ますます破廉恥に歓喜を歌い上げる。

「そうだね、クリトリスが刺激に慣れてきたと思ったら、少しずつ愛撫を強くしていくといいよ。……うん、そろそろ中に指を入れてみようか」

横から女陰の様子を覗き込みながら、亜貴が言った。割れ目から溢れた愛液は、尻の谷間を流れ、敷き布団のシーツに小さな染みを作っていた。

指とはいえ膣穴への挿入に、慶太は胸の鼓動を早める。濡れ肉の窪みに中指の先をあてがい、ズブリと差し込んだ。熱い蜜肉がすぐさま侵入者を包み込んでくる。

「はぁん……あぁぁ……一本じゃ寂しいわ。もう一本入れてぇ」

「は、はい」

求めに応じて人差し指を追加すると、指を締めつけられる感触が先ほどよりも強くなった。二本の指を付け根まで潜らせると、耳元で亜貴がこう言う。

「穴の上の壁に、細かくざらついている場所があるから、それを探してみて」

「上の壁ですか？　えっと……」

膣路の天井側を探りながら、ゆっくりと二本指を前後させた。

(ああ……オマ×コの肉の感触……指でも気持ちいい)

まろやかな膣襞がヌルヌルと妖しく絡みついてくる。

指の内側をくすぐられ、ムズムズするようなかそけき快美感が走れば、ズボンの中のペニスは先走り汁を噴き出してひくついた。パンツの生地と亀頭が擦れ合い、それだけで射精感がじわじわと滲み出す。

と、指の腹がザラザラした部分を見つけた。亜貴さんが言っていたのはこれか？

慶太はその部分を丹念に探ってみる。すると知絵が、わななと女体を震わせて甲高《かんだか》い声を上げた。

「あぁぁ、そ、そこぉ！　そこよぉ、慶太くぅんっ」

「えっ？　な、なにがですか？」

「Gスポットだよ。聞いたことない？」

膣穴の中にある性感ポイントの一つで、クリトリスと同様、あるいはそれ以上の女の急所。それがGスポットである。慶太も話に聞いたことはあった。

「そこの膣肉を掻き出すように指を動かしてごらん」と、亜貴が教えてくれる。慶太はそのとおりに――二本指の第一関節を鉤状《かぎじょう》に曲げて、恥骨の裏側を引っ掻くように抽送させる。

「あはっ、ああっ……も、もっと強くしても大丈夫よ。グリグリって、してぇぇ」

「もっと強く……こ、これくらいですか？」

「そ、そおぉうっ……！　ひっ、いぃんっ」

慶太は指マンに力を込め、さらにいったん忘れていたクリトリスへの愛撫も、もう片方の手で再開する。肉蕾を根元から擦り上げ、Gの膣肉を掻きむしるようにする。

その直後――

「あ、あぁ、イッちゃいそうっ……イッ……うぅう、んんーっ！」

慶太はギョッと目を剝く。割れ目の肉がひときわ蠢《うごめ》いたかと思うと、膣口の上にある小さな穴からピュピュッと体液がほとばしったのだ。

「う、うわっ⁉」

生温かい液体が掌に当たって、慶太は思わず二本指を抜いてしまった。

「ふふっ、慶太くん、潮吹《しおふ》きを見るのは初めて？」

「あ……は、はい、そうです」

一応、AVで潮吹きシーンを見たことはある。ただ、それと比べると、淫水の量がだいぶ少なかった。まるでオシッコをちびってしまったみたいだった。

慶太は掌に残った液体の匂いを嗅いでみるが、アンモニアの刺激臭は少しも感じられない。思い切ってちょっと舐めてみても、特に味はしなかった。やはり小水とは別物のようである。

「慶太くん、今の感じを覚えておいてね。……知絵、イッちゃった？」

亜貴が尋ねると、忙しく胸を上下させながら知絵は首を振った。

「ううん、まだ……ちょっとイキそうになったけど、まだよ。ねぇ、指はもういいでしょ？　あたし、オチ×ポが欲しいの。オチ×ポでイキたいのぉ」

そのために練習相手を志願したのだからと、年増女の欲望を露わにし、知絵は駄々をこねる子供のように身体をくねらせた。

「うーん……そうだね、前戯の練習はとりあえずこんなところでいいかな。それじゃあ慶太くん、服を脱いでくれる？」

「はいっ」

いよいよ本番の練習である。慶太は素早く衣服を脱ぎ捨てた。

ボクサーパンツの前は、多量のカウパー腺液で、先ほどの知絵のパンティに負けないほど濡れており、パンツをずり下ろしてフル勃起の肉棒を飛び出させると、亜貴と知絵が揃って歓声を上げる。

「これは……瑛梨さんが言っていたとおりだね。なんて逞《たくま》しい……」

「いやぁん、思ってた以上におっきいし……凄いわ、先っちょがお腹にくっつきそうなくらい反り返ってる。うちの旦那のが可哀想に思えてきちゃうわぁ」

亜貴は静かに、知絵は身を躍らせて、猛々しく青筋を浮かべた剛直に見入った。

だが、二人とも同様に、その目に女の情火を燃え上がらせる。やがて我慢できないとばかりに、飛び起きた知絵が手を伸ばし、勢いよくペニスを握ってきた。

「あぁん、凄い、硬いわ、鉄みたい……！」

「アッ……ちょっ、駄目……ウウッ……！」

知絵の掌がキュッキュッと肉棒を握ると、途端に強い射精感が慶太を襲った。

どうやら初めてのクンニに興奮しすぎたせいで、気づかぬうちにペニスが限界間際まで追い詰められてしまったようだ。壊れた蛇口の如く、鈴口から先走り汁が溢れ続け、知絵の手筒の中で肉幹が暴れるようにひくついている。早く射精させろともがいている。

「い……今、セックスしたら……多分、一分も持たないです……」

恥ずかしながら慶太は告白した。それに対し二人は、若勃起の敏感さを責めたりはしなかった。ただ、〝どうする？〟とばかりに顔を見合わせる。

「……じゃあ、一回出してもらっちゃう？」

「うん、そうだね」

知絵の提案に、亜貴が頷く。話が決まると、知絵は、ペニスに巻きつけていた手筒を早速前後に動かし始めた。そして、よだれを垂らす亀頭に鼻先を寄せ、大きく息を吸い込む。

「ううん、若い男の子の匂い……とってもエッチな気分になってきちゃう」

美酒に酔いしれるように、知絵はうっとりとする。

何度か深呼吸を繰り返し、ついには汚れた男性器に鼻先をくっつけると、小鼻を膨らませてクンクンと若牡フェロモンを嗅ぎまくった。

「ふぅ……うふふっ、瑛梨さんに聞いたわよぉ。慶太くん、一日に六回も射精できるんでしょ？　一回イッちゃっても、またすぐ勃《た》つわよね？」

「ああっ……は、はい、多分……オウッ!?」

知絵がぱっくりと唇を広げ、ペニスの三分の一ほどを咥え込む。

ヌメヌメした舌肉が亀頭や裏筋に絡みついてくると、慶太の射精感は一気に爆発した。まったく抑えが利かないまま、ものの数秒で限界を超えてしまう。

「あ、あっ、すみません、もっ……ウウーッ!!」

白い奔流の勢いに、慶太自身もなす術《すべ》なく腰を痙攣させた。突然の口内射精に、喉の奥に打ち込まれる多量の液弾に、知絵も目を白黒させる。

「うぐうっ……!?　ぐ、ぐふっ、げほっ」

知絵は苦しげに咳き込み、ペニスを吐き出してしまった。しかし射精はまだ続いていて、白濁液が若熟妻の愛らしい顔をどんどん塗り潰していく。

慶太がいくら申し訳なく思っても、吐精の発作は止まらなかった。知絵は涙目になってむせ続け、ペニスの向きを己の顔から逸らすこともできないようである。

ようやく射精が終わったときには、知絵の童顔はザーメンまみれになっていた。鼻を衝く濃厚な栗の花の香りが八畳間を満たしていく――。

4

「ああっ……ほ、本当に、すみません……！」

「ううん、気にしないで。あたしがちゃんと咥えていれば良かったんだから」

知絵は優しく微笑むと、上唇にべったり張りついた牡粘液をペロリと舐め取った。

「うふふっ、慶太くんの精液、ちょっと癖があるけどとっても美味しい……あむっ」

そして再び肉棒を咥え、鈴口から垂れたドロドロを舐め清める。

「あぁ、精液まみれの知絵……なんていやらしい……凄くエッチで可愛いよ」

亜貴の凛々しい美貌が、淫らに崩れていた。彼女は、ザーメンパックされた知絵の顔に口元を寄せ、ペロリ、ペロリと、牡の種汁を舌でこそげ取っていく。

知絵は知絵で、指の輪っかでペニスの幹をしごき、尿道に残った樹液を搾《しぼ》り出しては、蠢く舌で絡め取っていった。

(くううっ、お、お掃除フェラ……！)

射精直後の亀頭へのヒリヒリするような刺激に、慶太は奥歯を噛み締める。

だがそれも一瞬のことで、すぐに性感が復活した。若干緩みかけていた牡肉は力感を取り戻し、剛直が鎌首《かまくび》をもたげる。

「あぁん、なんて元気なオチ×ポ。あんなにいっぱい出したばかりなのが嘘みたい」

知絵はフル勃起状態となったペニスを吐き出し、その偉容に惚れ惚れした様子で見入った。

そして布団に寝っ転がり、M字に広げたコンパスで挿入をせがむ。

「来て、慶太くん、そのオチ×ポ、早くちょうだい……！」

慶太は彼女の股ぐらの前に膝をつき、ペニスの穂先を秘裂の窪みにあてがった。

昨夜の瑛梨とのセックスで、それなりに挿入の感覚はつかんでいた。肉棒の根元を握り締め、腰を前に押し進めると、ズブリと、亀頭が膣口を潜り抜ける。

身体は小さくても出産経験のある人妻。彼女の肉壺は、慶太の巨根をさほど苦もなく呑み込んでいった。

「はうぅ、凄い、凄い、ほんとにおっきい……お腹の中が、オチ×ポで押し広げられていくわぁ……あ、あうぅんッ」

ただ、膣路が短めのせいで、幹の根元の五、六センチを残したまま、亀頭が膣底を打つ。知絵は艶めかしい声を上げて一瞬仰け反る。

太マラを咥え込んで、パッンパッンに張り詰めた膣口。「知絵、大丈夫？」と、亜貴が心配そうに尋ねた。

知絵は、吐息を乱しながらも「うん」と頷く。潤《うる》んだ瞳で慶太を見つめてくる。

「ふぅん……いいよ、動いて。でも、最初はゆっくりとね」

「はい、わかりました」

慶太は前屈みになって知絵の腰の横に両手をつき、緩やかに腰を振り始めた。

彼女の中は、瑛梨の膣路よりもやや締めつけがおとなしかった。が、膣肉の柔軟性はこちらの方がずっと上で、雁首を始めとするペニスの凹凸《おうとつ》にぴったりと濡れ肉が吸いついてくる。

イチモツを出し入れすると、牝壷の内側にびっしりと刻まれたまろやかな肉襞で、牡の急所がいっせいに擦られた。その優しい快感は、まさしく熟れた大人の女に甘やかされているよう。

少女の面影を残した顔立ち、小柄な体軀、そんな外見からは想像できない嵌《は》め心地のギャップに、慶太はすぐさま夢中になった。

「はあぁ……知絵さんのオマ×コ、とっても気持ちいいです。もっと早く動いても大丈夫ですか？」

「ええ、いいわ。もっと早く、もっと奥まで……ああっ、慶太くんのオチ×ポも素敵よ。これならほんとに、今年のお祭りの儀式は成功しそう……はぁ、ん、んぅ！」

慶太はピストンを加速させていく。知絵が痛がらないのをいいことに、より力を込めて、より深く抉っていく。彼女の下腹に打ち込んだ衝撃が、Eカップの形良い膨らみをタプンッ、タプンッと、前後に揺らした。

「ああぁん、とってもいいわ、奥が、おふっ……も、もっと、いっぱい突いてっ……ひっ、ぎっ……そ、そうぅ……！」

最初に膣底まで挿入したときよりも、屹立はさらに深々と嵌まり込むようになっていた。膣口からはみ出した根元は、今や二センチ足らずを余すのみである。

膣壁は、嵌めるほどにますます柔軟性を増し、伸張し、剛直のすべてを呑み込まんとする。まさに女体の神秘だと、慶太は感動した。

だが、それでもさすがに苦しくないのだろうかと、少し心配にもなる。

(そういえば瑛梨さんも、チ×ポが奥に当たると気持ち良さそうにしていたな)

慶太は湧き上がる疑問を投げかけた。「奥って……そんなにいいんですか？」

「う、うん、好きっ」知絵は肉悦に蕩けた顔でこくこくと頷く。「あはっ、あうぅ、すごっ……し、子宮が、痺れるぅ……もっとおぉん」

「穴の一番奥、子宮の入り口のすぐそばにね、ポルチオって性感帯があるんだよ」と、亜貴が詳しく教えてくれた。

それはクリトリスやＧスポットを超える女の急所だという。

充分に開発させれば、最高のオルガスムスを得られる性感帯になるそうだ。そして知絵のそこは、亜貴がバイブを使って完膚なきまで開発させたとのこと。

「知絵のアソコも充分にほぐれてきたと思うから、そろそろ思いっ切りピストンしても平気だよ。慶太くんは腰使いがまだちょっとぎこちないから、とにかくたくさん練習して、腰を振って、動きに慣れないとね」

「は……はいっ」

慶太は額に浮かんでいた玉の汗を拭《ぬぐ》い、改めて気合いを入れて嵌め腰に励んだ。

グッチャ、グッチャと響く淫靡な音色。掻き出された牝エキスがシーツに飛び散り、濃密なフェロモン臭と共に染み込んでいく。

「ひいっ、あはぁん、ほんとにイイッ。子宮がズンズンされて、押し潰されて……怖いくらい気持ちいいわぁ！　あ、あたし、オチ×ポでイクの初めて……んんーっ！」

ビクビクッと、喉を晒すほど仰け反って、狂おしげに顔を振る知絵。

亜貴が枕元にぺたんと座り、そんな知絵の顔を覗き込んだ。

「今までに何度も、バイブやディルドではイッたじゃない。あれとは違うの？」

知絵は首を横に振り続ける。「ぜ……全然、違うわ。オモチャなんかとは比べものにならない……慶太くんのオチ×チン、す、凄ぉおっ……あぐぅうっ、もうダメ、イッちゃいそう……！」

「ふぅん、そう。そんなに凄いんだ……」

そのとき、慶太も射精感を大いに募らせていた。

複雑に入り組んだ肉襞を掻き分けるごとに、張り詰めた雁エラの段差で掻きむしるほどに、摩擦快感で裏筋は引《ひ》き攣《つ》り、陰嚢《いんのう》は固く持ち上がっていく。

（くううっ……せっかく最初に一回抜いてもらったんだから、知絵さんを先にイカせたい……！）

願いを込めて肛門を締め上げ、力一杯のピストンを膣底へ叩き込んだ。

すると亜貴が手を伸ばし、上下に揺れまくっている乳首をタイミング良くつまむ。途端に「んあぁぁ、そ、それぇ！」と、はしたないアヘ顔で知絵が叫び、背中を跳ね上げた。

「慶太くん、セックスって、腰を振る以外にもすることはあるよ」

「あっ……は、はいっ」

知絵は乳首への愛撫だけでも達してしまうと、それほど敏感なのだと、先ほど聞いたばかりである。

慶太は肘ごと手をついて女体に覆い被さった。そして、先ほど教わった乳首舐めの口技を再び施す。咥えて、舐め上げ、吸い立てた。

「アウウッ！　ち、乳首ぃ、クリみたいに感じちゃウウッ」

「ふふっ、知絵はアソコと乳首をいっぺんに責められるのが大好きなんだよね。アソコで感じるほど、乳首の感度も増していって……ああ、エッチだなぁ」

知絵の頭の側から、亜貴も覆い被さり、空いている方の乳首にしゃぶりつく。

まるで二匹の肉食獣が、寄ってたかって小動物に食らいついているようだった。哀れな獲物の乳肉は、先ほど以上に馥郁《ふくいく》とした甘酸っぱい匂いを放ち、その味は旨味の濃い塩気を帯びていた。

「ひぃぃん、ダメ、ダメーッ！　あ、あっ、気持ち良すぎるゥウゥ！」

膣口がわなわなと戦慄きだす。亜貴は勃起乳首をいったん吐き出し、

「慶太くん、イキそうになったときの女性はね、腰のリズムを変えてほしくないんだよ。リズムが変わると、高まってくる絶頂の感覚に集中できなくなっちゃうんだ」

だから頑張ってね——と言って、また肉の突起を乳輪ごと含む。

「ふぁいっ……はむっ、くうっ……！」

正直なところ、慶太はかなり辛かった。これまでの人生で使ってこなかったセックスのための筋肉が、いきなりの酷使に悲鳴を上げている。

それでも懸命にピストンを続け、一定のリズムをギリギリで維持した。身体ごと突き上げるような嵌め腰を轟《とどろ》かせる。ついにはペニスが根元まで潜り込み、互いの腰がぶつかり合い、パァンッパァンッと破廉恥な打擲音《ちょうちゃくおん》を響かせた。

さらに乳首を甘噛みし、往復ビンタの如く舌を叩きつけると、とうとう知絵は肉悦の頂点に到達する。

「おほぉ、んいいぃ！　イクイクイクッ、イグウゥゥーッ!!」

知絵の両腕が、慶太たちの頭をギューッと抱え込む。アクメの荒波を体現するかのように波打ち、痙攣する膣肉。たまらず若勃起も限界を迎えた。

「うっ、うぐっ……ム、ムグーッ!!　ンンーッ!!」

射精の感覚に浸《ひた》りながら慶太は、今さらながら中出しして良かったんだろうかと不安を覚える。が、知絵の両腕は予想外の力強さで、どのみち結合は解けないだろう。覚悟を決めて、人妻の秘壺にドクドクと樹液を注ぎ込んだ。

「んっ……はぁ……あぁ……良かったわぁ……」

アクメの痙攣がやむと、知絵は両手を慶太の首筋に、両脚を腰に巻きつけて、全身で抱きついてきた。ムッチリボディの密着感が、射精を終えてぐったりした慶太の身体を包み込んだ。

「ほんとに素敵なオチ×ポ……期待してたのより何倍も気持ち良かったわぁ」

そう言って、彼女は慶太の頬にキスの雨を降らす。そして、

「ねえ、もう一回いい？　いいわよね？　だってこれ、特訓なんでしょ？　もっともっと練習しないと、ねぇ？」

勃起力向上サプリのおかげか、ペニスは未だ精力を失っていなかった。さすがに少しは疲れて縮んでいたが、芯の硬さはまだ残っているし、陰嚢にはザーメンが余っているような感覚もある。

はい——と言いかけて、その口を塞《ふさ》がれた。亜貴の手が慶太の口元をつかみ、半ば

強引に慶太の顔を上に向かせたのだ。

いつの間にか彼女の美貌は、発情した牝のそれになっていた。

「……慶太くん、次は私としようよ。いいでしょう？」

返事も待たずに服を脱いでいく亜貴。ブラジャーを外し、パンティも脱ぎ捨て、生まれたままの姿となる。

中性的な顔立ちで、どちらかといえばスレンダーな亜貴だが、その腰つきは充分に艶めかしい曲線を描き、大人の女らしく脂が乗っていた。

「ごめんね、オッパイは――小さくはないけど、普通だよね。知絵や瑛梨さんと比べると、どうしても見劣りしちゃうでしょう？」

サイズはCカップだという。掌にすっぽりと収まりそうな膨らみを慶太の眼前に晒し、ちょっとだけ恥ずかしそうに亜貴は苦笑する。威風堂々とした彼女のそんな表情が、男心を妙にくすぐった。

(亜貴さん、可愛いな)

本人は少々コンプレックスを抱いているようだが、中性的な美人の彼女には、その胸の大きさは実にふさわしいと思った。

確かに、村一番の爆乳の持ち主である瑛梨には遠く及ばない。だが、下乳のボリューム感はそれなりにあり、つい手を伸ばして揉んでみたくなる。男を誘う丸みを帯びている。

膨らみ全体の形もなかなかに美しくエロチックだ。乳首も、三十五歳とは思えないほど初々しいピンク色である。

ムラムラと欲情が込み上げてくると、まだ繋がったままの知絵がクスッと笑った。

「慶太くんのオチ×ポ、あっちゃんのオッパイでまた大きくなってきたわ」

「あ……ハハハ」

今度は慶太が苦笑いをする。あっという間にペニスは完全回復を遂げた。

もはや慶太が亜貴に欲情しているのは、わざわざ口に出すまでもない事実。知絵も納得してくれたので、慶太はペニスを引き抜き、女体から離れる。こじ開けられていた壺口は、卑猥《ひわい》に蠢きながら徐々に閉じていった。その奥からドロリ、ドロリと、泡混じりの白濁液が溢れ出る。

亜貴は騎乗位を希望した。のそのそと知絵が布団の上から移動し、代わりに慶太が仰向けに寝る。すかさず亜貴が、慶太の身体にまたがってくる。

「私は女性のイカせ方を教えるだけの予定で、自分自身がセックスをするつもりはなかったんだけど――」

あまりに知絵が気持ち良さそうなので、慶太のペニスに興味が湧いたのだそうだ。

「知絵ったら、なんだか私がしてあげているときより感じてるみたいだし。そんなに凄いの？　っていう好奇心かな、ふふっ」

慶太の身体の横に左右の膝をついた亜貴は、下腹に張りついていた肉棒を握り起こし、秘唇の奥地にあてがう。知絵の乱れ姿、イキ様にかなり興奮したようで、すでに多量の女蜜を下の口から滴らせていた。

彼女が腰を下ろすと、ほんの一瞬、穴の縁に亀頭が引っ掛かるが、柔軟に大口を広げた肉壺に難なくズルリと――後は一気に膣底まで吸い込まれる。

「クウッ……ほ、本当に大きい……あ、あうっ」

亜貴は眉間に皺を寄せ、艶めかしく仰け反った。

（あぁ……亜貴さんのオマ×コも気持ちいい。包み込まれる……）

やはり出産経験があるからだろう。膣内の肉はとても柔らかい。

さっき嵌めたばかりの知絵の穴とどうしても比べてしまうが、内部の温かさは知絵の方が上だった。締めつけの力は、ほぼ同じくらい。そして、女としては高身長の亜貴の方が膣路は奥深く、ペニスの根元の二センチ近くを残した状態で、残りの約十六センチがズッポリと嵌まり込んでいた。

微かに声を上擦らせて亜貴が言う。

「これは……知絵があれだけ感じていたのもわかるよ。慶太くん、こんなアソコを持ってるなら、君は私以上の女泣かせになれるだろうね」

「え……そ、そうですか？」

「保証するよ。こうして入っているだけで、ゾクゾクするほど気持ちがいいんだ。こんなの初めてで……悪いけど、後はもう私の好きなようにやらせてもらうよ」

淫気に我を忘れたような瞳。その中で情火が燃え盛っていた。

亜貴は何度か深呼吸し、それから腰を上下に振り始める。

「私はね、相手を責めまくって、快感で滅茶苦茶にするのが好きなんだ」

いきなりのトップスピードだった。怒濤《どとう》の嵌め腰が肉棒を容赦なくしごき立てる。

「おううっ……！　ちょっ……亜貴さん……あ、ああっ！」

熟れた膣肉の柔軟さに加え、女蜜によって中は充分すぎるほど潤っており、牡と牝の肉摩擦に痛みはない。ただひたすらに強烈な愉悦がペニスを襲った。

「くうっ、あ、熱い……チ×ポが火傷しちゃいそうです……！」

慶太は声を絞り出すと、快感の嵐に歯を食い縛る。亜貴は淫靡に瞳を細めた。

「うん、うっ……んんっ……あぁ、いいよ、慶太くん……たまらなく気持ち良さそうで、それなのにとても苦しげで……可愛い、ふふふっ……！」

亜貴は、慶太の両腕の近くに手をつき、身を乗り出して上から見つめてきた。激悦に歪む慶太の顔をまじまじと観察しているようだった。その視線にただならぬものを感じ、慶太はゾッとする。もしかして――

「ぼ、僕が知絵さんとセックスしたの、嫌でした……？　怒ってます……？」

亜貴は薄笑いを浮かべながら答えた。「んふっ……どうして？　もし嫌なら、そもそも知絵を連れてきたりはしなかったよ……怒ってなんか……うぅ、んっ、ふっ」

意外なことに、知絵が誰とセックスをしようと、亜貴はそれほど気にならないという。知絵の夫を憎く思ったことも一度もないそうだ。

では、自分の夫がよその女と浮気をしても平気なのかというと、それはまた話が違うという。バイセクシャルの亜貴は、男に対してはプラトニックな愛情が生まれ、女には性的な愛欲が湧くのだそうだ。

男も女も愛することができるが、その愛の種類はまるで別――だから知絵に対して独占欲のようなものはないのだと彼女は説明した。が、

「ぼ……僕には、よくわかりません……くおっ、おおっ……！」

猛烈な肉擦れの悦に翻弄《ほんろう》されていたこともあり、慶太にはその言葉を理解すること

ができなかった。

と、逆レイプの如き交わりをどこか愉しげに眺めていた知絵が言う。「要するにあっちゃんにとっては、好きになった女の人はみんなセックスフレンドなのよ」

「誤解を招く言い方だなぁ。まあ、概《おおむ》ね間違ってはいないかも……あ、もちろん知絵は、セックスフレンドである前に、私の一番の友達、親友だよ」

「ふふっ、ありがと。でも、そんな特別なあたしが、慶太くんのオチ×ポでメロメロになっちゃったから、ちょっと嫉妬しちゃったのよね？」

「そ……それは……」亜貴は気まずそうな顔になる。

が、すぐに「うん、まあね」と認めて、微かに苦笑いを浮かべた。

「私が誰よりも知絵を気持ち良くさせられるって自信があったからね。でも、実際に慶太くんとしてみて、よくわかったよ。このオチ×チンには敵《かな》わないって……あ、あぁっ、反り返ったところがGスポットを引っ掻いてくるっ……！」

畑の土を鍬《くわ》で耕すように、雁エラの出っ張りが膣路の天井を掻きむしると、麗人の美貌に卑猥なアヘ面《づら》が見え隠れした。

やはり慶太のペニスは、大きいだけでなく形も秀逸なのだという。肉幹の一番膨らんだところが膣口を潜るときの拡張感もたまらないそうだ。

「はっ、はっ……あ、あぅんっ！　もう、イ、イク、かもっ……こんなに早く、イッちゃいそうになるなんて……ひっ、ひっ、うっ、あっ……ンーッ！」

知絵との会話でいったん止まりかけていた抽送を、亜貴は再び最高速に戻した。

ズチュッズチュッ、ジュボッジュボッ、グポッグポッ！

静謐《せいひつ》がふさわしい清らかな和室に、真っ昼間だというのに、はしたない嵌め音が高らかに響き渡る。

躍動する女体はじっとりと汗に濡れ、障子越しの陽光で妖しく輝いていた。細い顎から大粒の汗が、ポタポタと慶太の胸板に滴り落ちる。濃密さを増す女の香気で室内がむわっと蒸れていく。

「ほらぁ、慶太くんも負けちゃ駄目よ」と、知絵が言った。「あたしをあんなに気持ち良くしたんだから、あっちゃんにも同じようにしてあげて。頭が真っ白になるくらいの快感で思いっ切りイカせちゃうのっ」

「くぉうっ……わ、わかりました」

慶太は、逆ピストン運動によって激しく揺れている美乳に両手を伸ばす。

鷲づかみで荒々しく揉みしだきたくなるのを我慢し、指先で、綺麗なピンクの突起にくすぐるような愛撫を施した。

「あっ、ウウーッ、そう、そうだよ、その指使いっ……乳首に、き、効くウゥ！」

「はいっ」

慶太は亜貴から教わったことを思い返す。セックスは腰を振る以外にもすることがあると言われた。今はその逆だ。手しか使っていない。

両膝を立てると、彼女のピストンのタイミングに合わせ、力強く腰を突き上げた。互いの勢いがぶつかり合い、肉棒の根元までが完全に埋まり込む。パーンッと乾いた音が弾ける。

「んほぉ、エグれるっ……い、いいよ、イイッ……く、ううっ！　そのリズム……あ、あぁ、そおおぉ、それで、イカせて！　来て、キテエ、うへっ！」

「こうですね！　はい、はいっ……く、くうっ、僕も、アアァ……！」

本日三度目の射精が迫るのを感じながら、慶太は嵌め腰を轟かせた。子宮をひしゃげさせるほどにペニスを打ち込み、双臀《そうでん》の弾力に跳ね返され、そしてまた渾身《こんしん》の一撃を喰らわせる。

「あぁ……んふっ、あっちゃんのお尻が、慶太くんの腰とぶつかりすぎて真っ赤になっちゃってる。お尻ペンペンされた子供みたいよ」

気がつけば知絵が、慶太の足の方へ移動していた。どうやら結合部を、牝汁を撒《ま》き散らしながら剛直が出たり入ったりする様を覗き込んでいるようだ。

肉竿と陰嚢に視線を感じる。ムズムズするような感覚がさらに射精を促す。

「慶太くんのタマタマの袋もキュッて縮んじゃって、まるでおいなりさんみたい。もうすぐイッちゃいそうなのね、ふふふっ」

そのうえ知絵の掌がよしよしと、我慢しないで出しちゃっていいのよとばかりに陰嚢を優しく撫で、揉んできたのだからたまらない。

「あぐっ、だ、駄目です、やめっ……おおっ、出る、で、ウウーッ‼」

熱い感覚が尿道を駆け抜け、ザーメンが噴き出す。

耐えられなかった。その代わり、慶太は突き上げを止めなかった。

過敏な粘膜への摩擦感に歯を食い縛りながら、美乳の頂をキュッキュッとつまみ続ける。そして、樹液を吐き出している鈴口で膣底を抉《えぐ》る、穿《うが》つ、押し潰す。

「んひっ、ひいっ、三回目の射精なのに、す、凄い量……ああっ！」

肉壺の中で牡のエキスが掻き混ぜられ、膣粘膜にそれを塗り込められたことで、牝の器官はこれ以上なく燃え上がったのかもしれない。膣口が狂おしく戦慄き、蠕動《ぜんどう》する内臓の如く膣壁がグネグネと波打ち始める。

「うわぁ、ア、アソコの中が熱い、熱いよッ……イッ、イクッ、イクぅぅーッ‼」

「くおぉ……お……オオオォ……！」

断末魔の強烈な膣圧で、最後の一滴までザーメンが搾り出された。

さすがに力尽きた慶太は、ピストンを止め、手脚を布団に投げ出す。

亜貴も肩で息をしていた。疲れ切ったような、それでいて歓びに満たされた表情で、美貌を近づけてきた。

「とっても良かった……うん……今日ほど、女性に生まれて良かったたって思ったことはないよ」

「あ……ありがとうございます。亜貴さんがいろいろ教えてくれたおかげです」

「ふふっ、大したことは教えてないよ」

亜貴は汗だくの顔で微笑む。その表情は、最初の頃の中性的な麗人のそれとは少し違っていて、優しく綺麗な大人のお姉さんという感じだった。

「でも……これから特訓を続けたら、君とのセックスはもっともっと気持ち良くなるんだろうね……あぁ」

男性とするのがこんなに愉しみになるなんて、初めてだよ——

そう言って亜貴は、慶太の頬にチュッと口づけした。

「あぁん、あたしもっ。これからいっぱい練習しようね、慶太くん」

右から左から、二人の人妻の温かな唇が、何度も慶太の頬に押しつけられる。嬉しいやら恥ずかしいやらで、慶太はたまらずに目を閉じてしまうのだった。

第三章　甘熟妻は夫の前で

1

次の日。朝食が終わると、すぐさま瑛梨との特訓が始まった。

午後からは亜貴と知絵がまた来てくれるという。特訓の名の下に、美女たちとひたすらセックスをするわけだが――決して男の天国ではない。

午前中は瑛梨を相手に、ギリギリまで射精を我慢する耐久力の特訓。精を漏らしてしまうたびに厳しく叱責され、しまいにはペニスの根元を紐で縛られてしまう。

勃起力を高めるための訓練も行われた。酒屋で購入してきたという強炭酸水をコップに注ぎ、それにペニスを浸した。炭酸ガスを粘膜から吸収すると、血管が拡張されて血流が良くなり、結果としてより硬く、より大きく怒張するようになるそうだ。

だがその訓練は、とてつもない激痛を伴う。無数の針が突き刺さるような痛みに、初めは一秒も耐えられなかった。それでも瑛梨は我慢しろと言う。少しでも刺激に慣れれば、射精までの時間が長くなるかもしれないから、と。十秒続けられるようになるまで、瑛梨は許してくれなかった。

午後になって亜貴と知絵が来てくれると、三人の人妻とローテーションでやりまくる。今度は午前中とは一転して、回数をこなす特訓だった。射精、射精、また射精。同時に、女を絶頂させるための心得も叩き込まれる。

「一番大事なのは相手の反応をよく見ることだよ。どこに性感帯があって、どういう愛撫の仕方が好きなのか、しっかりと観察するんだ。同じ愛撫、同じ腰使いが、いつでも通用するとは限らないよ」

「見て判断ですか。難しそうですね……」

「うーん、どうしてもわからなかったら、手っ取り早く相手に尋ねちゃうのもありかな。聞くは一時の恥っていうじゃない？」

そんな朝から晩までの特訓が、さらに二日続く。

そしてその翌日は、自主練を言いつけられた。瑛梨は麓の町に行く用事があり、亜貴と知絵もあいにく来られないとのことだった。

しかし、一人で部屋に籠もってイチモツをしごき続けていると、なんだかむなしくなった。やはり目の前に裸の女がいればこそ頑張れるので、タブレットでＡＶを見ながら漏らさぬ特訓をしても、さすがに飽きてくる。

昼食後、セックスのための筋トレとしてスクワットなどをした後、息抜きにちょっと外へ出かけてみた。牧歌的な村の風景をスマホで撮影しつつ散歩をしていると、ちょうどビニールハウスから出てきた三人の女たちに呼び止められる。

「ねぇ、あなた、今年の稀人様ですよね？」

どうやら慶太の噂は村中に広まっているらしい。三十代の後半と思《おぼ》しき女たちに囲まれ、好奇の視線を頭のてっぺんから爪先まで浴びて、ドギマギする慶太。

三人の女たちはビニールハウス内で農作業をしていたようだ。日よけの麦藁帽子を被り、ロングＴシャツの長袖かあるいはアームカバー、さらに軍手で、しっかりと紫外線対策を行っていた。皆、化粧っ気はなかったが、それなりに整った顔立ちには素朴な愛嬌がある。

三つ編みの一つ結びを背中に垂らした女、ポニーテールの女、明るい茶髪のショートヘアの女。三人は今、ちょうど一仕事終わって休憩に入ろうとしていたそうだ。彼女たちは家が近所の親戚同士で、協力してトマトの栽培をしているという。

「せっかくだから稀人様も来てくださいよぉ」と腕をつかまれ、背中を押され、半ば強引に慶太は連れていかれた。ビニールハウスのそばに作業小屋があり、そこに入った。中はコンクリートが打ちっぱなしのガレージのような部屋で、トラクターや様々な農具が置かれ、壁際には収穫に使いそうな空《そら》のコンテナが積まれていた。

十畳ほどの室内の片隅に、折りたたみ式の長机とパイプ椅子がある。

ここでお茶でも飲むのかと思いきや、女たちはなにやらひそひそと言葉を交わし、その後、三つ編みの女と茶髪ショートの女が、急に左右から慶太に組みついてきた。

身動きが取れなくなったところに、ポニーテールの女が慶太の前にしゃがみ込む。ズボンのファスナーを下げられ、中のモノを引っ張り出されてしまう。

「な、なにを!?」

「うふふっ、稀人様のアソコ、拝ませてくださいよぉ」

ぶらりと垂れ下がる陰茎。だが、二人の女にしがみつかれ、胸の膨らみを押しつけられていた慶太は、二の腕に感じる乳肉の柔らかさにすぐさま興奮する。午前中に、イチモツをしごきつつも射精を我慢し続ける訓練をしていたせいもあってか、若茎は瞬く間にムクムクと膨らんでいった。

十八センチ級の剛直が鎌首をもたげるのを見て、女たちは黄色い声を上げる。

「わ、わ、ほんとに大きいっ」

「話を聞いたときは、大袈裟に言ってるだけかと思ったけど……」

「こんなにマッチョなオチ×チンなのに、色は初々しくて可愛いわぁ」

三人の女たちは我先にと手を伸ばし、まるで御利益を求めて御神木や地蔵の身体を撫でるように、亀頭や幹を熱心にさすってくる。

「あ、ちょっ……お、おうぅ」

「あ、見て、ほら、先っちょから透明なお汁が垂れてきたわ」

「え、もう？　ちょっと早くない？」

「若い子は敏感なのよ。ああん、こんなおばさんたちに触られても悦んでくれるのね。なんだか嬉しい……」

若牡が感じていると知って、女たちも淫気を高ぶらせていったようだった。

色っぽく頬を染めたポニーテールの女が、ついに性交を求めてくる。いそいそとデニムパンツとパンティを脱ぎ、長机に両肘をついて、慶太に尻を突き出してくる。

「稀人様ぁ、その立派なオチ×チンを、私のここにくださいな」

大股開きであられもなくさらけ出された割れ目は、もはや充分なほど潤っていた。

(稀人は、村の女の人としてもいいって、静穂さん、言ってたよな……)

今日はまだ一度も射精していないし、毎食後に呑んでいる亜鉛やマカのサプリのせいもあっただろう。慶太も情欲が溢れて止まらなくなる。ズボンとパンツを膝まで下ろし、ポニーテールの女の腰を両手でつかむと、立ちバックでズブリと嵌めた。

緩やかなストロークで熱い膣肉をほぐし、溢れた愛液が太腿まで垂れていくようになったら、加速させたピストンで蜜壺を貫いていく。雁エラで肉襞を引っ掻き、ポルチオに軽快なノックを喰らわせ続けた。

「ひぃん、す、凄すぎっ……こんなの、嘘、ああっ、もうイクッ、イクーッ!!」

「ううっ、くっ……ムムム」

よほど気持ち良かったのか、ポニーテールの女は驚くほど呆気なく昇天してしまう。慶太はこれも訓練と思い、なんとか射精を我慢した。

ペニスを引き抜くと、白く濁った本気汁がポタポタと、コンクリートの床に滴り落ちた。作業小屋に淫らな牝臭が広がっていき、次は茶髪ショートの女が肉欲を抑えられなくなる。

慶太がパイプ椅子に座り、下半身を剝き出しにした茶髪ショートの女がまたがってきて、対面座位で結合した。

「あぁぁ、なんて太い、太いのぉ……アソコが広がっちゃう……ユルユルになって、旦那に怒られちゃううぅ」

そう言いながら、彼女はアヘ顔で腰を振り立てる。

慶太は女尻を鷲づかみにし、上下のバウンドを介助してやりながら、顔面を彼女の胸の膨らみに押し当て、躍動する肉の感触を愉しんだ。農作業の汗で蒸れた女肌の匂いもたまらない。

パイプ椅子がギシギシと悲鳴を上げるなか、茶髪ショートの女が「イッ、イクううぅんッ!!」と叫んで、アクメを極める。今度も慶太は、辛うじて吐精を堪《こら》えた。

（……特訓の成果が出てきてるのかな？）

最後に残された三つ編みの女は、瞳に情火を宿しながらも、まだ躊躇《ためら》っていた。

すると、慶太の巨根で絶頂する悦びを知った二人が、三つ編みの女に擦り寄っていく。悪の道に引きずり込もうとするように囁きかける。

「ほらぁ、サトちゃんも……稀人様とのセックスならイッてもいいのよ？」

「それは知っているけど……でも、夫と約束しちゃったから。〝今年の稀人が村に来たらしいけど、お前、抱かれるんじゃないぞ〟って言われて……」

「あはっ、そんなの黙っていればバレないって」

それでも三つ編みの女が踏ん切りをつけられないでいると——二人の女は業を煮やして行動に移した。ポニーテールの女が、三つ編みの女の上半身を長机に押し倒し、茶髪ショートの女が、もがく下半身から強引にズボンも下着も剝ぎ取ってしまう。

「さあ、稀人様、やっちゃってぇ！」

いいのかなぁと思ったが、三つ編みの女の肉裂がしっかり濡れているのを見て、慶太は性欲に身を任せた。二人の女が、三つ編みの女の身体を押さえつけながら、彼女の太腿をこじ開ける。その中心に、慶太は脈打つ屹立を押し込んだ。

「ああ、駄目、ぬ、抜いてぇぇ」と、三つ編みの女は切なげな声を上げるが、肉のぬかるみはペニスを歓迎するようにうねっていた。

すぐにも慶太はピストンを始める。が、二人の女との交わりを経た肉棒は、ほんの一分ほどの抽送で限界を迎えてしまう。どれだけ肛門に気合いを入れようが抑えきれない、極限の射精感が込み上げる。

「あぐっ……で、出るウゥ……オオッ!!」

樹液を噴き出しながら脈動する肉棒。慶太は歯を食い縛り、なおもピストンを続行した。射精中の連続嵌め腰も、ここ数日の特訓で何度もやらされたことだ。

「イヤァ、出てる、出てる、射精してる、オチ×チンが……おぉ、お腹の中を精液でグチャグチャに……あ、あーッ！」

その声は嫌悪の悲鳴ではなく、もはや淫らな牝の嬌声だった。

ほどなくフル勃起に回復したイチモツで膣底を掘り返し、やがては三つ編みの女も肉悦の頂を得る。

「ああぁ、あなた、ごめんなさいっ……イクイク、イックぅーッ‼」


三人の女たちから解放された後、慶太はいそいそと屋敷へ戻った。村の他の女たちに見つかって、またセックスを求められたら敵わないと思ったからだ。

もちろんそれが嫌なわけではないが、アクメに飢えた女たちの情念は、やりたい盛りの慶太でも圧倒されそうになるほどだった。そんな女たちがもしも五人、十人と集まってきたら、正直、ちょっと怖い。

屋敷の廊下を歩いていると、たまたま静穂と顔を合わせた。

慶太はぺこりとお辞儀をする。静穂も丁寧に頭を下げ、慶太に話しかけてきた。

「……儀式のために、いろいろ頑張っておられるようですね」

「あ……は、はい」

「ありがとうございます。期待していますよ」

その言葉には少しも感情が籠もっていなかった。今でも彼女は、慶太に稀人の責務が果たせるとは思っていないのかもしれない。

「……それでは失礼します」と、静穂は立ち去ろうとする。

擦れ違うとき、彼女は一瞬、鼻を鳴らした——ように慶太には思えた。まるでなにかの匂いを嗅ぐみたいに、スン、スンッと。

すると静穂の美貌が、微かに赤く染まる。

彼女はチラリと慶太を一瞥《いちべつ》し、やや不自然な早足になって去っていった。

「え……？」慶太はきょとんとして、しばし廊下に立ち尽くす。

己の身体のセックスの残り香に気づいたのは、部屋に戻ってからだった。

2

夕方、屋敷に帰ってきた瑛梨が、「新しい協力者が見つかったわ」と言った。

外出中の瑛梨のスマホに、とある村人から電話がかかってきたそうだ。稀人様が祭りの儀式のために特訓しているという噂を聞いたので、是非、協力させてほしいと。

「本当ですか？　どういう人です？」

「気になる？　ふふふ」

瑛梨は茶目っぽく微笑んだ。「岩田野乃子《いわたののこ》さんっていってね、この村でお米を作っている農家の奥さんよ。年齢は確か四十歳だったけど、安心して、とっても素敵な人だから」

「はぁ……」女性の目線で素敵な人と言われても、あまりピンとこない。

詳しいことは会ってみてのお楽しみだとか。ただ瑛梨は、一つだけ教えてくれた。

「私ほどじゃないけど、野乃子さんも結構な巨乳よ。確かGカップだったと思うわ」

瑛梨は、その野乃子と特に仲が良いというわけではないらしいが、胸のサイズまで知っていた。こういう田舎では隠し事は難しく、どんなプライベートなことでも、すぐに噂になって広まってしまうという。

「私がJカップなのも、村中の誰もが知っているはずよ。まあ、今さら恥ずかしいとも思わないけれど」

むしろ自慢げに胸を張る瑛梨。村一番の爆乳がタプンと揺れる。

「え……じゃあ、もしかして……僕のチ×ポのことも噂に？」

慶太は、昼間セックスした三人の女のことを思い出した。彼女らは慶太の巨根のことを見る前から知っていたようだった。

そうねと、瑛梨が頷く。「私があっちこっちでしゃべったからね。今年の稀人は凄いわよって。別に隠すことじゃなかったし」

いや、隠してくださいよ！　と、慶太は胸の内でツッコんだ。

この村の人たち、みんなに——大人だけでなく子供にまで、自分の陰茎のことが知れ渡っているのかと思うと、無性に恥ずかしくなる。

（その岩田野乃子さんも……僕のチ×ポの噂を聞いて協力したいと思ったとか？）

だとしたら、どんなエロい人だろう？　色気ムンムンのいかにも好色そうなＧカップ美熟女を慶太は想像した。

するとやっぱり股間の欲棒をウズウズさせずにはいられなくなるのだった。


夕食後、岩田野乃子に会うため、瑛梨に連れられて屋敷を出た。村の端から端までを貫く川に沿って歩き、途中から畔道に逸《そ》れて少し行くと目的地に到着する。歩いて二十分ばかりの距離だった。

生け垣に囲まれた敷地の門を通り抜けると、一戸建ての家が二つ並んでいた。

大鷺家のような豪邸ではなかったが、普通の民家としてはどちらもやや大きめである。建てた時期が明らかに違うようで、左側の家は昔ながらの田舎の農家という感じであり、右側の家は、都会の住宅街にあってもさほど違和感がなさそうな、比較的新しい雰囲気の家屋だった。

その右側の方が岩田野乃子の住んでいる家で、彼女の家族は夫と、三人の子供たちだそうだ。そして左側は、彼女の義父母の家だという。

右側の家の、五人家族の名前がすべて刻まれた表札を見ながら、慶太は戸惑った。

まさか岩田家に直接出向くとは思っていなかったのだ。

「あの……岩田野乃子さんの旦那さんとお子さんたちは？　まさか、ご家族がいる家でセックスするわけじゃないですよね……？」

「ううん」と、瑛梨は首を振る。「ご家族がいる家でするのよ、今から」

啞然とする慶太に構わず、瑛梨はインターホンを押した。

すると女性の返事がスピーカーから聞こえ、それからすぐに玄関の戸が開く。

「いらっしゃいませ。あ、あの……ご足労頂き、ありがとうございます」

現れたのは、慶太が想像していたのとはまるで違う、おとなしそうな女性だった。

この人が？　と、目顔で尋ねると、瑛梨は笑顔で頷く。この女性が岩田野乃子で間違いないようだ。

家に入ると、野乃子の案内でリビングに通される。十五畳ほどありそうなその部屋には夫と思われる男がいて、慶太たちが部屋に入るなり、ソファーからすっくと立ち上がって礼儀正しくお辞儀をしてきた。

年齢は四十代の中頃だろうか。身長が百八十くらいありそうな筋肉質の男で、顔つきもかなり厳《いか》つい。それでいて結構なイケメンだ。ハリウッド映画に出てくる、アクションが得意な二枚目マッチョ俳優に雰囲気が近かった。

仮にこの男と喧嘩をしたら、慶太はなす術《すべ》なくボコボコにされるだろう。一目見ただけでそれがわかり、膝が震えだす。なにしろ自分は、この家の人妻とセックスをするためにひょこひょこやってきた男なのだから。

「三上慶太さん、いや、稀人様とお呼びした方がいいですか？」

「い、いえ……名前で結構です」

「そうですか。私は岩田力也《りきや》といいます。野乃子の夫です」と、彼は名乗った。丁寧な口調になおさら威圧感を覚えてしまう。

対面するソファーの片方に慶太と瑛梨が座ると、しばらくして野乃子が真ん中のローテーブルに四人分のお茶を置いていき、そして彼女も夫の隣に腰を下ろした。

野乃子は初めて慶太と顔を合わせたときから、ずっと頬を赤らめていて、ほとんど目を合わせようとしない。ただ、ときおりチラッと慶太の方を見て、こちらがそれに気づくと、慌てて顔を逸らしたりうつむいたりした。

（おどおどして……なんか、気の弱い小型犬みたいだな）

しかし、身体は決して小さくない。あの亜貴ほどではないが、平均的な成人男性に近い背の高さだった。四十路《よそじ》の熟れた身体は全体的にふっくらしていて、肉のボリューム感もなかなかのものである。Gカップだという胸元だけでなく、ブラウス越しの肩や、七分袖から覗いている手首までムッチリしている。

（瑛梨さんはこの人のことを〝素敵な人〟だって言っていたけど……）

男の目で見ても、確かにそのとおりだと思った。いや、むしろ男好きのするタイプと言っていいだろう。適度にぽっちゃりとした体つきは、スマートが過ぎる痩せ細った女体よりも、よほど男の情欲をくすぐってくれる。

顔の輪郭はやや丸みを帯びていて、ぽってりとした肉厚の朱唇に、人の良さそうな垂れ目、控えめで愛らしい鼻筋——どんな男もつい甘えてしまいたくなるような、親しみのある美人である。それでいて気の弱そうなおどおどした感じが、男の保護欲をも掻き立てるのだった。

落ち着かない妻を咎《とが》めるように、野乃子の夫の力也は渋い顔で咳払いをする。そして、いきなり本題に入った。

「ウ、ウンッ……三上さんはセックスの特訓をしているのでしょう？　うちの妻をどうぞ練習相手にしてください。その代わり、妻が絶頂するところを私に見せてほしいのです」

「え……ええ……？」

この男は、妻が喜悦に果てるところを一度も見たことがないという。どうやら天狗の呪いを本気で信じているようだ。

「一度でいいから妻が絶頂するところを見たいんです。お願いします」

彼の表情は真剣そのものだった。その真っ直ぐな眼差しに、慶太はますますプレッシャーを感じる。チラリと野乃子の方を見ると、彼女はさらに顔を赤くし、膝の上でモジモジと動く自分の手をじっと見つめていた。

(この奥さんとセックスはしてみたいけど、でも、旦那の見ている前でなんて……)

どうにも気が進まない。慶太は逡巡《しゅんじゅん》しながら尋ねる。「……僕が今度のお祭りで儀式を成功させれば、天狗の呪いもなくなるんですから、そうしたら、旦那さんが堂々と奥さんをイカせられるんじゃないですか？」

「う、ううん……確かに、あなたの言うとおりですが……」

力也はにわかに表情を曇らせた。怒らせてしまったわけではなさそうだが、慶太は少し緊張する。

しばらく沈黙した後、彼はお茶を一口すすって、また話しだした。

「これまで私も、ずっとそう思ってきました」

いつか天狗の呪いが解かれれば、なにも恐れることなく自分のペニスで妻のイキ様を見られると。

だが——何年待っても、祭りで大鷺家の女を昇天させる男は現れなかった。

「多分、あなたでも無理でしょう」彼は、慶太が五人抜きを果たせるとは思っていないようだった。

今年で彼は四十五歳。もはや若い頃のような精力のみなぎりはないという。

仮にあと十年待って、ついに天狗の呪いが解かれたとしても、そのときの彼は五十五歳。妻をイカせるだけの力は残っていないかもしれない。彼の父親は、五十歳になったばかりの頃に勃《た》たなくなってしまったそうだ。だから彼は、自分で妻を絶頂させることは諦めたという。

「そういうわけで三上さん、どうか野乃子をイカせてやってください。私は、自分の妻がイクときにどんな顔をするのか、夫として、どうしてもこの目で見てみたいんです」

それを見ないまま一生を終えるなんて、考えたくもない……！　と、彼は苦悩に満ちた声で呟いた。

「いや……お気持ちはわかりますけど……でも……」

慶太としても、〝夫の目の前で〟という条件さえなければ、喜んでこの熟れ妻を抱かせてもらっただろう。頭の中で性欲と緊張感がグルグルと渦を巻く。こんな状態では、ペニスが勃つのかどうかも怪しかった。

「無理なお願いをしているのはわかっています。しかし、こんなへんぴな村によそから人が来るなんて、一年を通じても珍しいことなんです。今後も稀人様が来てくれる保証はない。三上さんが、私たちにとって最後の稀人様かもしれないんです。だから、どうか……」

彼らの三人の子供たちは、すでに隣の、力也の父母の家にいるという。今夜はそちらで寝ることになっているそうだ。夫公認の寝取りセックスの舞台は整っていた。

それでも慶太が決めかねていると、やにわに力也は表情を硬くし、鋭い視線を投げかけてくる。

「それとも……うちの妻では不満ですか？　抱く気にはなれないと？」

「えっ……い、いえ、そんな、とんでもない……！」

慶太は慌てて首を振り、それから野乃子に向かって、

「ぜ、全然、不満とか、そんなんじゃ……でも、あの、奥さんはどうなんです？　僕でいいんですか？」

気まずそうに夫の隣に座っていた野乃子が、一瞬だけ目を合わせてきた。

慶太を見るその瞳に嫌悪の感情は見られず、ただただ恥ずかしそうに、彼女はまたうつむいてしまう。そして、ぼそりと呟いた。

「お、夫が、それを望んでいるのでしたら……」

嫌ではない——ということらしい。

「うん、じゃあ決まりね」瑛梨がポンと手を叩く。未だ躊躇いを捨てきれない慶太に、これも特訓よと言った。

「オチ×チンって、どんなに身体が健康でも、そのときの感情やストレスで勃ちが悪くなっちゃうものなんでしょう？　けど、お祭りの儀式の直前になって、〝緊張して勃たなくなっちゃいました〟じゃあ困るのよ」

精神的な負荷を感じながらもペニスを屹立させ、五人の女を昇天させなければならないのだ。これは、そのための特訓でもあるという。

「う、うう……わかりました」

慶太は渋々覚悟を決めた。

3

観念した慶太だが、その後、またも毒気に当てられる。なんと力也は、このリビングで野乃子を抱いてほしいというのだ。

察するに、いくら相手が稀人でも、夫婦の寝室によその男を入れたくないのだろう。妻をイカせてほしいと自ら懇願してきた彼だが、その内心はやはり複雑なのかもしれない。

瑛梨と力也はソファーを立って、部屋の隅に移動していく。多少は見られている感じが弱まったが、それでもプレッシャーは消え去らなかった。

(ええい、ままよっ)

やけくそになって慶太は服を脱ぎ捨てる。すぐに全裸となるが、露わになった陰茎は力なくぶら下がったままだった。いつもならセックスをすると決まっただけでムクムク膨らみだすというのに。こんな有様で大丈夫だろうかと、心配になる。

しかし、それは杞憂《きゆう》だった。

慶太に背中を向けていた野乃子が、ブラウスをようやく脱いだ。脂の乗りきった女体は、背中も肉厚だ。ウエストのくびれも控えめである。

が、彼女の震える手が躊躇いがちにスカートを下ろしていくと、その下からなんとも迫力のある豊臀が現れ、慶太の男心を鷲づかみにした。

スカートを脱ぐ動作のせいで、自然と慶太の方に魅惑の大ヒップを突き出す格好となっている。つややかなベージュのパンティが、豊艶なる双丘によってピチピチに張り詰めていた。

（この大きさ、ムチムチボディの瑛梨さん以上だ）

それだけのボリュームを誇りながら、贅肉感《ぜいにくかん》はまるでなかった。もしかしたら野乃子は夫と一緒に農作業にいそしんでいて、それで鍛えられているのかもしれない。肉厚な女体でありながら皺やたるみがほとんどないのも、それなら納得できる。

太腿もヒップに見合って実にムッチリとしていた。そしてブラジャーが外され、左右の爪先がパンティを潜り抜けると、一糸まとわぬ姿で、野乃子はいよいよ振り返る。

彼女は両手で胸元と股間を隠していた。だが、「野乃子、三上さんにちゃんとお見せするんだ」と夫に命じられると、切なげに眉根を寄せつつも、ゆっくりと両手をずらしていく。

「わぁ……」と、慶太は思わず声を上げた。

Gカップの巨乳。大きさでたとえるならパイナップルほどの膨らみだ。三人の子供を育てるのに使ったであろう乳首はやや大きめで、メラニンの褐色に色づいている。

「あぁ……そ、そんなに見ないでください」

せめてもの抵抗《ていこう》なのか、野乃子は両手でへその辺りを隠していた。その下にある女の三角恥帯にはなかなかの草叢《くさむら》が茂っている。それはまるで彼女の本性を、秘められた淫欲の強さを表しているかのようだった。

(恥ずかしがり屋でおとなしそうな人なのに、身体はなんてエロいんだろう)

野乃子は自分より二十歳も年上だが、そんなことは少しも気にならない。大学で見かける同じ年頃の女たちよりよっぽど艶めかしく、よっぽど可愛らしく思えた。

慶太は、溢れる生唾を飲み込む。ペニスが跳ねて、下腹をペチンと打つ。

ついさっきまでうなだれていたはずのそこは、いつの間にか鎌首をもたげ、太い青筋を浮かべながらガチガチに怒張していた。豊満な熟成妻の匂い立つような色気により、緊張感が肉欲に塗り替えられたのだ。

野乃子が慶太の股間にチラリと目をやり、言葉もなく目を見開く。部屋の壁際から、彼女の夫が「うぅむ……」と唸る声が聞こえてきた。

己の巨根がこの夫婦を圧倒しているのだと思うと、慶太は少し気が大きくなる。

「じゃあ、あの……野乃子さんって呼んでいいですよね？　野乃子さん、まずはオッパイを触らせてください」

「は、はい……あぁ」

野乃子は火照った顔を羞恥に歪《ゆが》めつつも、胸を反らして少しだけ双乳を突き出してくれた。

女体が緊張に震えるたび、ときおり肉房がプルッ、プルッと波打つ。慶太は両手で乳肉を持ち上げ、その下半分だけでも掌で包み込み、まるで空気のような柔らかさを味わいながら揉み込んでいった。

（おお、すっごい柔らかいな。これまでに触ったオッパイの中で一番柔らかい）

乳輪も授乳のときに刺激されたのか、ぷっくりと発達していた。指の腹でさすると女体がピクッとまた震える。そして慶太は、褐色の突起にいよいよ指を触れさせた。

「あっ、ん……」

艶めかしい声を漏らす野乃子。指先でそっと乳首を撫で続ければ、彼女の声は徐々に悩ましげになり、吐息も熱と湿り気を帯びていく。

親指と人差し指でキュッとつまむと、

「あううっ……い、いやぁん」女体が戦慄き、乳肌が揺れた。

「……気持ちいいですか？」

慶太は二本指による優しい指圧を繰り返し、ときにちょっと引っ張ってみたりもした。乳首はみるみる硬くなり、野乃子は真っ赤になった顔で微かに頷く。

「くうっ……先っちょが、ジンジンします……あぁ、あ、そんな、ねじったりしちゃダメッ……はううっ、か、感じちゃう」

とうとう立っていられなくなった野乃子は、すがりつくように慶太の肩をつかんで、生まれたての子鹿の如く膝をガクガクと震わせた。

慶太は彼女をソファーへ座らせる。その隣に寄り添って、愛撫を続行した。

(石鹸の匂い……。僕らが来る前にお風呂に入ったんだな)

乳肌に鼻先を寄せ、仄かに残った甘いミルク臭を胸一杯に吸い込んでから、勃起した乳首を舐め上げる。

「はぁん……あ、あぁん……」野乃子はうっとりと目を閉じた。

慶太は、コリコリした肉突起を転がし、その感触を舌で楽しみながら、片手を彼女の下半身に持っていく。

恥丘を覆う濃い茂みに指を絡めて遊び、その後、閉じた太腿の間に手を差し込もうとするや——途端に野乃子は太腿を緊張させた。

だが、慶太の手がなおも狭間に入り込もうとすると、やがては抵抗を緩めて股ぐらを広げてくれる。慶太は五本の指をそよがせるようにして、ムチムチの熟れ腿の内側をスーッ、スーッと撫でていった。

「それ、んんっ、く、くすぐったいのにぃ……ああっ、こんなの初めてです」

察するに、彼女はこれまでろくな愛撫を受けてこなかったのだろう。女は絶頂してはいけないという決まりを頑なに守ってきた夫婦なのだから、それもやむを得ない。セックスの前戯は、きっと膣路を潤すことだけが目的だったのだ。いや、下手をしたらローションなどを使って、前戯もなしに即挿入していたかもしれない。

(旦那さんのお願いってだけじゃなく、野乃子さんのためにも、今は思いっ切り気持ち良くなってほしい。それでイカせてあげたい)

なめらかな内腿に指先を這い上らせ、彼女の股間のスリットをそっと探ってみる。そこはもう、しっとりと濡れていた。

慶太は左右の乳首を舐めしゃぶりながら、ぬめりを帯びた割れ目の内側を指でさする。肉弁を掻き分けて恥裂の中心線を撫で上げていくと、指先が包皮に触れた。

包皮の上から軽いプッシュを繰り返せば、中のものがどんどん膨らんでくる。

「やあっ……ダ、ダメです、そこは……！」

「クリトリスですよね。大丈夫です、わかってます」

亜貴から教わったことを思い出し、ソフトタッチで包皮ごと撫で回す。

(優しく、とにかく優しく……)

肉豆の充血はさらに続き、小指の先ほどに膨張したそれは、ついにツルンと勝手に包皮から飛び出した。

剝き身のクリトリスに慶太がそっと指先を当てると、野乃子はそれだけで狂おしげに痙攣する。悲鳴を上げて、股を固く閉じてしまう。

「ひいいっ……ピ、ピリピリしちゃいます……！」

彼女が天狗の呪いを信じているなら、オナニーでそこをいじったこともないのだろう。ほとんど刺激に晒されてこなかった肉豆は、きっと生娘《きむすめ》の如く敏感に違いない。

(潤滑油《じゅんかつゆ》が必要だな)

慶太は陰核から指を離し、割れ目の奥へ指を潜り込ませようとした。強すぎる刺激がやんだことで、野乃子はほっとしたように太腿から力を抜く。

慶太の指が湿地帯の窪みを探ると、そこは予想どおり、多くの愛液をたたえていた。

壺口に中指を潜り込ませ、中の蜜をたっぷりと絡め取り、慶太は改めて陰核に挑む。

「ああっ、ダメです、三上さん……そこは本当に……」

「僕のことも名前で呼んでください。ほら、これくらいならどうです？　こんな感じで……まだピリピリしますか？」

極限までソフトなタッチで、敏感突起に女のぬめりを塗りつけていく慶太。

すると、野乃子の声が少しずつ色っぽいものになっていった。

「あ……あぁん……は、はい、それくらいなら……はぁ……」

「クリトリス、気持ちいいですか？」

「それは……え、えぇ、多分……腫れてるみたいにジンジンして、だんだん熱くなってきたんですけど、それがなんだか……あっ、乳首も、また……や、やぁん」

慶太は、膣穴とクリトリスの間でせっせと指を往復させながら、乳首への新たな口撃として甘噛みを施す。さらなる女蜜が肉壺の奥から溢れてくる。

やがて、わざわざ指に愛液を補充するのが煩《わずら》わしくなってきた。慶太はいったんソファーから降り、野乃子にも体勢を変えてもらう。

ソファーの背もたれに両手でしがみつくような格好をしてもらった。そしてソファーの座面に両膝をつき、女豹のポーズの如く尻を突き出すように指示する。

「こ、こんな格好、恥ずかしいです……あぁぁん」

おとなしい彼女は嫌と言えない質《たち》なのだろう。二十歳も年下の男の言葉に、結局は従ってしまう。

慶太は彼女の尻の前にしゃがみ込むと、深く刻まれた双臀の谷をこじ開け、その奥に顔面を突っ込んだ。綺麗な放射状の皺が走るピンクの肛穴を目の当《ま》《あ》たりにしながら、恥裂に舌を伸ばして勃起クリトリスを舐め始める。

「ひゃっ!? そ、そんなところを舐めるなんて……あ、あ、ううぅん……ダメ、ダメです、汚いですからぁ……お、おぅうっ」

クンニは初めてなのか、野乃子は驚きの声を上げて、逃げるように身をよじった。彼女が腰をくねらせるたび、たっぷりボリュームの尻たぶが慶太の頬にムギュッムギュッと押しつけられる。臀肉は仄かにひんやりとしていた。

慶太は彼女を逃がさないよう肉の双丘を鷲づかみにし、ついでに力強く揉みほぐした。乳房とは違い、それなりの弾力があって、心地良い感触を掌に伝えてくれる。

ちなみに本人は汚いと言ったが、女陰に籠もっているのは新鮮な愛液の甘酸っぱい匂いと石鹸のフレグランスのみ。おそらく、風呂でここも入念に洗ったのだろう。汗や小水の味は皆無だった。

(旦那さんは、クンニしない人なのかな)

部屋の隅にいる夫は今、妻が若牡に陰部を舐められている様を、どんな顔をして眺めているのか？　ちょっとだけ振り返って見てみたい気もしたが、しかしその勇気はなく、慶太は気持ちをクンニに集中させる。

桃色真珠をヌルヌルの舌で丁寧に磨《みが》きつつ、鼻の頭でグリグリと膣口をほじった。大量に溢れる甘熟妻の蜜。慶太はときおり膣穴に直に吸いつき、ジュルジュルと下品な音を立ててすする。

「えっ……の、飲んでるぅ!?　イヤァ、ダメです、そんなっ……あぁあ、稀人様にこんなことさせちゃって、私、罰が当たるかも……あ、ううっ」

これまで以上の戸惑いを見せる野乃子。それでも慶太は容赦なく愛液を堪能《たんのう》し、亜貴直伝の口技で女の秘部を責め立てる。

亜貴から教わったとおり、野乃子の反応に気を配りながら舌を使っていると、彼女は次第に刺激に慣れてきたのか、多少強めに舐めても大丈夫そうになってきた。ならばと、クリトリスを唇で包み込み、チュッチュッと吸ってみる。

「んひぃ！　やっ、やぁん、もげちゃいますっ……あぁ、クリッ……が痺れて、熱くてジンジンして……それが身体中にィ……！」

慶太の頬を挟んでいる尻たぶが、予兆の如く痙攣を始める。アヌスも発作を起こしたみたいに、キュッ、キューッと収縮を繰り返す。

ここぞとばかりに慶太は舌先をクルクルと回し、今にもはち切れそうなクリトリスの側面を執拗に舐め続ける。さながら舌のミキサーで肉豆を翻弄《ほんろう》しまくる。

「ア、アッ、なんか凄いですっ！　か、身体がおかしくなっちゃう、どうにかなっちゃいますっ……あぁ、もう……ウウウッ、ンンーッ!!」

牝啼《めすな》きと同時に野乃子の全身が強張《こわば》り、双臀が万力の如く、慶太の顔を挟みつけてきた。それは大型の肉食獣に食いつかれているような力強さで、慶太はしばし顔を動かせなくなってしまう。

「ア……アァ……はぁ、はぁ……ふぅん……」

やがて女体がゆっくり弛緩《しかん》していくと、慶太はようやく尻たぶの谷間から顔を外すことができるようになった。

4

（びっくりした。野乃子さんのお尻、凄い力だったな）

豊臀から解放されてほっとする慶太。気がつくと、いつの間にか乃梨子の夫の力也と瑛梨がすぐそばに立っていた。

ぐったりとソファーにくずおれている妻に力也は問いかける。

「野乃子、今、イッたのか……？」

荒い呼吸を繰り返す野乃子は、くたびれた様子でそれでもなんとか振り返り、夫に答えた。「わからないです。あんなの初めてで……」

強烈な快感が全身を駆け巡り、まるで宙に浮いているような感じだったという。そうかと思えば、ときに底なしの穴を落ちているような感覚にも陥《おちい》って、最後は頭の中が真っ白になったそうだ。

「それは多分、イッたんだと思いますよ」と、瑛梨が言う。

「そうか、イッたのか……今のが……」

力也はなんとも煮え切らない口調で呟いた。是が非でも見たかった妻のアクメ姿を見ることができたのに、彼からその喜びが感じられない。不機嫌とまではいわずとも、なんとも不満げな表情だった。

ただ、彼のズボンの股間は大きく膨らんでいた。己以外の男に妻をイカされて、それでも彼は間違いなく勃起していた。しばらくして彼は言う。

「三上さん、続けてください。私はもう一度見たい。今度はちゃんと、イク瞬間の妻の顔を見たいんです」

さっきは後ろから、しかも少し離れた場所から見ていたので、満足できなかったのだそうだ。

もちろん慶太もセックスをするつもりでここに来たので、異論はない。「わかりました」と答えて、ソファーの上に乗る。

力也は、もはや部屋の隅に戻ろうとはしなかった。昇天する妻を、今度は間近から眺めるつもりなのだろう。しかし慶太は、まぁいいかと思った。彼の視線は、もうあまり気にならなくなっていた。

「野乃子さん、仰向けになってください」

「あぁ、本当にするんですね……。はい、わかりました……」

ちょっとしたベッドになりそうな大きさのソファーだったが、野乃子の少々大柄な体型では、セックスをするにはやや窮屈《きゅうくつ》な気がする。

するとマッチョな夫がローテーブルをヒョイとどかし、対面していたもう一つのソファーを軽々と動かして、二つの座面をくっつけてくれた。仰向けの野乃子が股を開いても、片足が床に落ちなくなったので、だいぶやりやすくなる。

慶太は力也にお礼を言い、そして野乃子の股ぐらに臨んだ。カウパー腺液が竿を伝い、今や陰嚢まで濡らしている状態である。

「じゃあ、入れますよ」

ペニスの根元を握り、ぬかるんだ肉の窪地に鈴口を当てて、ズブッと押し込む。

「あうぅ、夫じゃない人のオチ×チンが……あ、ああっ、大きいぃ」

三人も子供を産んだからか、野乃子の膣肉はとても柔らかかった。たやすく奥行きを伸ばし、慶太の長大なペニスを最初から丸々呑み込んでしまう。

肉襞も角が取れて、ペニスに当たる感触は実にまろやか。しかしそれでいて、二十代の瑛梨に勝るとも劣らぬ膣圧でペニスを包み込んできた。

(農作業で体つきだけじゃなく、ここも鍛えられているのか……？)

特に膣門の締まりが素晴らしい。ムチムチの太腿を両手に抱えて、慶太がいざ腰を振り始めると、たちまち甘美な摩擦感が込み上げてきた。

「おお……野乃子さんのオマ×コ、とっても気持ちいいですよ」

「ああぁ、そんな……あ、ありがとうございます……うぅん、はあぁ」

卑猥な四文字に野乃子は顔中を真っ赤にする。それでも律儀《りちぎ》にお礼を言うところがなんとも可愛く思えた。

慶太は、まずは浅いピストンから始め、雁首の段差で膣肉を甘やかに引っ掻く。

「ああん、私も……んあぁ、い、いぃですぅ」

両膝をピクッピクッと戦慄かせる野乃子。女体の反応が申し分ないことを確認しつつ、慶太は少しずつ奥を攻めていった。

やがてペニスの付け根まで挿入するようなストロークになると、行き止まりの壁に肉の拳でジャブを打ち込む。蕩けるような柔らかさのポルチオ肉を、抉り込むように打つべし、打つべしと連打する。

「あ、あっ……！　あぐ……うぅ……ひいっ」

と、途端に野乃子の反応が変わった。その声から艶めかしさは消え、表情は苦痛に耐えるように強張ってしまう。

慶太はいったん腰を止めた。「ご、ごめんなさい、痛かったですか？」

「はぁ、はぁ……い、いえ、大丈夫です。続けてください……」

そうはいっても、今の様子はとても快感を得ているようには見えなかった。あれでは、いくら続けても彼女が絶頂するとは思えない。

慶太はピンときた。

（そうだ、野乃子さんはクリトリスがとっても敏感だったんだ）

正常位のピストンで、慶太の恥骨が陰核を強く圧迫すると、野乃子は痛みを感じてしまうのかもしれない。

試しに慶太は、膣の奥壁を軽くノックするような優しいピストンを行ってみた。恥骨がクリトリスには当たらないように気をつけながら。

「こんな感じだと、どうですか？　さっきと比べたら」

「あう……んっ……は、はい……いいです、さっきより……はぅん」

ほっとした感じの吐息を漏らす野乃子。その頬には色っぽい赤みが戻り、表情の強張りもほぐれていく。やはり、先ほどは無理をしていたようだ。

どうやら彼女のポルチオは開発されきっていないようである。こんな軽めのタッチの方が心地良いのだろう。うっとりとした顔で、徐々に呼吸を深くしていく。

「はあぁ……ん……ふうぅう……気持ちいぃ……」

桜色に色づく柔肌。ふくよかな女体がくねり、重たげに左右に揺れるGカップ。実に艶美だ。性の快楽に囚われていく野乃子の表情にも牡の劣情が煽《あお》られた。

ただ――慶太はふと疑問に思う。あんなにクリトリスが敏感だったら、夫とはどんなセックスをしているんだろう？　恥骨が当たらない体位でやっているとか？

「ひょっとして、普段はあまり正常位ではしてないんですか？」

「え？　ええ……そ、そうですね……」

すると、妻に変わって夫の力也が照れくさそうに答えた。「私が、野乃子の尻を見ながらするのが好きでして……」

いつもバックから嵌めるばかりで、正常位はほとんどやらないという。

なるほどと、慶太は納得した。後背位ならクリトリスに恥骨がぶつかることはない。玉袋がペチペチと当たるくらいだ。

「じゃあ、バックに変えますか？」と、野乃子に尋ねる。しかし、

「いえ、大丈夫です……このままで……ああっ……あぁん」

今の彼女に遠慮をしている気配はなかった。口元は微かに艶めかしく緩み、なによりも身体の反応が正直なところを物語っていた。

「野乃子さん……オマ×コの中が嬉しそうにキュンキュンしてますね」

「ああっ、言わないでください……。ご、ごめんなさい、あなた」

「……謝らなくていい。俺が望んだことなんだから」と、夫は平静そうに言った。

だがその後、少しばかり渋い口調になって、こう続ける。「ただ……お前が俺以外の男に抱かれて、こうもあっさり感じるようになるとは思わなかったよ。お前は、俺が思っていた以上にスケベな女だったんだな」

彼に妻をなじっていい道理はない。それでも、嫌みの一つも言わずにはいられなか

ったようだ。

「あぁ、ごめんなさい、ごめんなさい……あっ、ひいっ、ゆ、赦《ゆる》してぇ」

夫に謝りながらも愉悦に悶えてしまう野乃子。膣口はさらに小気味良く収縮し、慶太は、もしかして野乃子は言葉責めが好きなのではと気づく。

「野乃子さん……僕のチ×ポ、気持ちいいですよね？」

無言でこくりと頷く野乃子。

「じゃあ、〝チ×ポ、気持ちいい〟って言ってみてくれませんか？」

「ええっ……？　そ、そんな……無理です、恥ずかしい……」

野乃子は、救いを求めるように夫を見た。

しかし夫はかぶりを振り、厳しく妻を促す。「野乃子、稀人様がお望みなんだ。ちゃんと言いなさい」

彼女にとって、夫からの命令は絶対なのだろう。

一瞬泣きだしそうな顔になる。だが結局は受け入れた。

火がついたように顔を赤くして、震える唇から破廉恥な言葉を搾り出す。

「……チ……三上さんのチ×ポ……き、気持ちいいです……あぁっ」

野乃子は両手で顔を覆ってしまい、それだけ言うのがやっとだった。しかし、下の口は饒舌《じょうぜつ》に悦びを語る。やはり彼女には、言葉による辱《はずかし》めが効くようだ。

繰り返される肉門の締めつけはますます強くなり、力感をみなぎらせてペニスの幹をくびってくる。たまらず慶太は「おううっ」と呻く。

（野乃子さんって、つい意地悪したくなるタイプだ。二十歳も年上なのに、なんだかとっても可愛い……！）

淫らな嗜虐心《しぎゃくしん》を煽られ、慶太は獣欲を燃え上がらせた。

牝壺はますます具合が良くなり、特にペニスを押し込むときの摩擦感が最も甘美だった。膣口の締めつけで、肉棒の皮が根元の方に引っ張られ、張り詰めた裏筋に蜜肉の襞がヌルルッと絡みついてくるのである。

「うう、んおぉ……野乃子さんのオマ×コ、凄くいいっ」

高揚する性感に、腰のストロークも自然と大きくなる。グチョッ、ジュポッ、ニュプブッ。抜き差しするたびに様々な音色が卑猥に鳴り響く。

膣路の中間部を反り返ったペニスが往復すると、野乃子はさらに乱れた。Gスポットの悦だろう。ポルチオはまだまだ発展途上だが、Gスポットの方はそれなりに開発されている模様である。

「あぁぁん、そ、そこぉ……感じちゃいます、あぁ、あっ……くううーっ」

「この、オマ×コの穴の天井の……ここの部分をチ×ポで擦られるのが好きなんですね？　ほら、ほら、こうでしょう？」

「ああーっ、は、はい、そうですぅ、そこ、そっ……おぉん、す、好きいぃぃ」

野乃子は眉間に苦悶の皺を寄せながら、しかし口元は薄笑いを浮かべ、だらしなく唇を半開きにして、ダラリダラリとよだれを垂らす。

「ああ……お前がそんないやらしい顔をするなんて……野乃子、野乃子……！」

力也のズボンの膨らみは、先ほど見たときよりもさらに大きくなっていた。

とうとう彼はズボンのファスナーを下ろしてイチモツを引っ張り出し、ゴシゴシとしごきだす。慶太ほどではないが、なかなかに大きな屹立だ。

「あらあらぁ……うふふっ、良かったら私がしてあげましょうか？」

妻の痴態で手淫を始めた力也を哀れに思ったのか、それとも慶太たちが発する淫気に彼女も当てられたのか――それまで物静かな傍観者でいた瑛梨が、力也のペニスを手筒で包み、きかん坊をよしよしとなだめるように擦りだした。

「くうっ、いけません……大鷺家の奥さんにそんなことをしてもらっては……」

「気にしないでください。私も、見ているだけじゃいられなくなっちゃったので」

最初は躊躇っていた力也も、じきに瑛梨の手慰みに屈し、ペニスを明け渡す。

軽やかな手筒の摩擦で、尿道口に滲むカウパー腺液。瑛梨はそれをペロッと舐め取ると、赤剝けた亀頭をぱっくりと口に含む。とうとう口淫まで始めてしまった。

それを見た慶太は、なんとも複雑な心持ちになる。瑛梨は自分の恋人でもなんでもないし、そもそも人妻だ。でも、彼女が自分にしてくれたように、他の男のペニスをしゃぶっているのを見ると、どうにも心がざわつく。

嫉妬心に駆られ、さりとて瑛梨を非難することもできず、慶太の苛立ちは力也へ向かった。彼に当てつけるように、その妻の身体を抱き締める。

野乃子の背中とソファーの座面の隙間に両手を無理矢理差し込んで、力一杯にハグをした。ふくよかな熟れ肉の柔らかさは、大きな縫いぐるみにギュッとしがみついているような錯覚をもたらす。

それに加えて、春の日差しを思わせるような、ぽかぽかとした女体のぬくもり。慶太の脳裏に、幼い頃の、母親に抱っこされたときの記憶が蘇《よみがえ》ってくる。

「あぁ……野乃子さんの身体、いい抱き心地です。とても癒やされます」

「あうん、そんな……あ、ありがとうございます」

面映《おもは》ゆそうに微笑む野乃子。慶太は、紅潮した頰にチュッと口づけし、彼女が目を真ん丸にするほど驚かせた。

そして、柔らかな巨乳の合わせ目に顔面を埋める。熱気を孕《はら》んだ甘ったるいミルクの匂いと、谷間に溜まった汗の仄かな刺激臭を存分に吸い込み、官能を高ぶらせ、猛然とピストンを荒ぶらせる。

無論、クリトリスに恥骨が当たらないよう気をつけながら、小刻みな高速ピストンで亀頭を擦りつけた。日本刀の如き肉棒の反り返りで、Ｇスポットの膣肉に集中攻撃を喰らわせる。

「あひィンッ、は、激しっ、あう、あふっ……ンンーッ！」

野乃子の戦慄きが、密着した濡れ肌から伝わってきた。

摩擦快感が加速し、慶太は射精感を募らせていく。喉が渇いてきたら双乳の谷間に舌を這わせ、彼女の汗で水分とミネラルを補給した。微かな塩気が美味である。

ほどなく野乃子も、限界のときが近いことを告げてきた。

「あ、あーっ！　また、さっきの感覚が……んあぁ、これが、イッ、イクってことなんですね？　私、イキますっ……あなた、あなたァ……！」

狂おしげに脈打つ膣口も、オルガスムスが迫っていることを物語っている。

力也が、瑛梨のフェラチオを受けながら、上擦《うわず》った声で叫んだ。「み、三上さん、どいてくださいっ。野乃子がイクところを見たいんです……！」

顔だけでなく、アクメを極めた瞬間の妻のすべてが見たいという。

慶太は彼女の背中から両手を引き抜き、抱擁をやめて元の体勢に戻った。

肛門を締め上げて高まる射精感を抑え込むと、ムチムチの太腿を再び抱え、とどめの嵌め腰で、張り詰めた亀頭冠の出っ張りで、Gスポットの膣壁が燃え上がるほどにゴリゴリと掻きむしる。

「やあぁ、熱いっ……あ、あっ、なんか、出ちゃいそうです、お、おぉ、オシッコおぉ！　待って、三上さん、ほんとに、アアーッ、出ちゃう、ダメえぇぇ！」

もちろん慶太は容赦しなかった。顔を振り乱して、額から目元に流れ込んでくる汗をまき散らし、機械の如く正確なピストンをひたすらに続行する。

「野乃子さん、イクときは、イクって言ってくださいっ」

「おぉおっ……そ、そうだ、言え、野乃子……！」

「イイッ……クウゥ！　イキますっ……いぃく、ウウーンッ!!」

次の瞬間、野乃子の背中が跳ねるように反り返り――

膣穴の上のおちょぼ口から、ピュッ、ピュッ、ピューッと淫水が噴き出した。慶太の下腹部に当たって、ソファーにも滴り落ちる。

「くっ、おっ……ぼ、僕も、オウウウッ!!」

アクメの強烈な膣圧に肉棒を搾られ、前立腺が決壊した。慶太は、夫の前で堂々と、熟れ妻の膣壺にザーメンを注ぎ込む。その背徳感に酔いしれる。

と、力也が動いた。彼は瑛梨の口からペニスを引き抜き、ソファーに乗り込んできて、肉幹をしごきながらその先端を妻の顔に向ける。「ウオオッ」と一声唸り、勢いよく樹液を放った。

オルガスムスの硬直が治まり、荒い吐息でぐったりとしている野乃子の顔面が、みるみる白く塗り潰されていく。前髪の張りついた額も、閉じたまぶたも、小振りの鼻も、真っ赤の頬も、半開きの唇のその奥まで。

野乃子は、うっとりとした微笑みで夫の吐精を受け止めていた。

その顔を誰よりも見たがっていたのは、夫の力也のはずなのに、今は慶太の方が見入ってしまっている。

白化粧を施された彼女のアクメ顔は、とても淫猥で、とても綺麗だった。

5

念願を叶《かな》えた力也と野乃子から丁重に礼を述べられた後、瑛梨は慶太と共に、岩田家を辞した。

畔道には街路灯などない。来たときと同じように、持ってきた懐中電灯で足下を照らす。田舎の夜道を歩くときの必須アイテムだ。

星明かりがあるからと甘く見ていると、地面の凹凸に躓《つまず》いて転び、用水路に足を突っ込んでしまったり、水田に滑り落ちてしまったりすることもある。下手をすれば骨を折るような大怪我にもなりかねない。

ただ、今の瑛梨が足下の安全より気になっているのは——隣を歩く慶太の股間の有様だった。

彼のそこは、懐中電灯の灯りを直接向けなくてもわかるほど、ズボンをこんもりと膨らませていた。

(慶太くん、まだムラムラしてるのね。まあ、無理もないわ)

元々やりたい盛りの若牡に、亜鉛などの勃起サプリを連日呑ませているのだ。過剰に高まった精力が、たった一回の射精で治まるはずもない。

この村の幹線道路である川沿いの道に出て、しばらく歩いていると、堤の斜面に柳の小さな林が見えてきた。河畔林というらしい。

瑛梨は慶太の手をつかんで斜面を下り、林の中へと彼を連れ込む。川のせせらぎや、

リィリィリィ、ギッギッギッという虫の音が近くなる。懐中電灯の灯りを消して、

「ここでしていきましょうよ」と、瑛梨は言った。

なにをするのか、慶太はすぐに察した。

「こ、ここで、ですか？　いやでも、もし人が通りかかったら……」

「大丈夫よ。ほら、柳の木の枝が覆い被さっているから、人が来ても、私たちの姿は見えやしないわ」

垂れ下がった枝が目隠しになってくれて、堤の上の道からこちらの斜面の様子はうかがえないだろう。

現在時刻は間もなく二十二時になるところ——

「そもそも、こんな時間に人なんて来ないわよ。さあ、覚悟を決めなさい。オチ×チンをこんなふうにしちゃってるのに、なにを躊躇っているの？」

瑛梨は手を伸ばし、八分勃ちの陰茎をズボン越しにモミモミした。たちまちフル勃起となった牡肉の硬い感触が掌に伝わってくる。

「あうっ……ほ、本当にするんですか？」

「ええ、もちろんよ」

瑛梨はスニーカーの片方を素早く脱いで、ずり下ろしたパンティから片足だけ引き

抜いた。くしゃくしゃに丸まったオフホワイトの布を反対側の足首に引っ掛けた状態にして、スカートを大きくめくり上げる。

「ふふっ、ほんとのこと言うと、私が我慢できないの。もうオマ×コも準備完了よ。いつでも入れちゃって」

柳の幹に両手をつき、後ろの慶太に向かって剝き出しの桃尻を突き出すと、コンパスを大胆に広げた。

夜の闇の中、割れ目を指で探ってきた慶太が驚きの声を上げる。「わ、もうグチョグチョですね」彼は股ぐらに鼻先を寄せ、深呼吸を始めた。

「やだぁ、匂いなんて嗅がないでぇ」秘唇にくすぐったい鼻息を感じ、瑛梨は思わず苦笑する。

「はぁ……凄くエッチな匂いがします。瑛梨さん、めちゃくちゃ興奮してますね？」

先ほどの岩田家で、瑛梨だけはオルガスムスを得ていなかった。女陰をいじられるどころか、乳房を揉まれもしていない。焦《じ》らされに焦らされたアラサー女の肉体は、屋敷に戻るまで抑えきれぬほどに高ぶり、ダラダラとよだれを垂らしていた。

慶太もやはり先ほどのセックスでは物足りなかったらしく、結局はその気になる。ズボンとパンツを膝まで下ろし、立ちバックでズブリと挿入してきた。星明かりもあまり届かぬ柳の木の下で、ペニスの感覚だけであやまたず膣門を貫けたというのだから、これも特訓の成果だろう。

彼は瑛梨の腰をつかんで早速ピストンを始めた。音がしないように気をつけているのか、女尻とぶつからないように嵌め腰を調整しながらも、可能な限り奥深く膣路を抉ってくる。

「んはあっ……あぁ、やっぱりいいわぁ、慶太くんのオチ×チン……」

極太ペニスで膣口がメリメリと押し広げられていた。その感覚に背筋がゾクゾクする。今や瑛梨の人妻膣は、すっかり慶太用に馴染まされていた。

徐々に速度を増していく抽送。熱い剛直が女の欠けた部分を満たしてくれる充足感と、引き抜かれる瞬間の喪失感——それらが交互に訪れ、肉悦と共に官能が激しく煽り立てられる。

それはまるで、恋愛と失恋を何度も何度も繰り返しているような感覚だった。この上なく甘美でありながら、切ない苦味の大人の味。女を狂わせる麻薬的快感だ。

（こんなの知っちゃったら……もう他の男性とはセックスできないかも）

夫とは、もう七年近くセックスレスが続いている。

初めて夫と出会ったのは、高校生のときのこと。当時の瑛梨は麓の町に住んでいたが、同じ高校に通っていた彼が二年生のときにクラスメイトとなったのだ。彼は、瑛梨のハーフの美貌に一目惚れし、猛アタックしてきた。

最初は相手にしなかった瑛梨も、諦めずにアタックし続けてくる彼の熱意にほだされて交際を始め、二人で同じ大学に進み、勢いに流されるように卒業後には結婚してしまった。

とはいえ、少しも躊躇わなかったわけではない。瑛梨は杉見沢村の悪習を知っていたので、プロポーズをされたときも、すぐにOKすることはできなかった。

すると彼は、「俺も天狗の呪いなんて信じてない。悪い風習が村からなくなるように、大鷺家の人間として努力する」と約束してくれた。

が、結婚すると、彼はちっとも約束を守ろうとはしなかった。

結局は彼も呪いを信じていたのだ。夫婦の営みでは、彼はいつも自分だけ先に果ててしまい、その後はとっとと寝てしまう。

約束を破られたことと欲求不満によって堪忍袋《かんにんぶくろ》の緒が切れた瑛梨は、ある日、夫に告げた。「もう自分がイケないセックスをする気はないわ」と。

すると彼は、なんとよその女とセックスをするようになった。どうやら麓の町で愛人を作ったらしい。本人はバレていないつもりのようだが、彼は何度か、パンツに女の淫臭を染みつけて帰ってきたことがあり、瑛梨は浮気を確信している。

瑛梨は夫に失望して、夫婦仲はすっかり冷めてしまった。

（でも、慶太くんならきっと、つまらない迷信からこの村を――静穂さんを救ってくれるわ）

瑛梨が〝天狗の呪い〟を解きたいのは、もはや自分のためではない。

祭りの儀式が失敗したときに一番心を痛めているのは、他ならぬ静穂だと思っていた。自分のせいでまた呪いが解けなかったのだと、祭りの後に落ち込んでいる義理の姉を見ると、瑛梨も胸が痛くなるのだった。

今年こそ彼女を〝天狗の呪い〟から解放してあげたいと思う。慶太ならそれができると確信していた。

「おほおぉ、上手よぉ、慶太くん……本当に……あふぅん、上手になったわぁ……はあっ、あぁぁあっ」

ポルチオの甘い痺れが子宮を冒《おか》し、瑛梨は、沸き立つ肉悦に絶頂が近いことを知る。膝がカクカクと震えだした。

「け、慶太くん、私、イキそうっ……もっと、もっと強く突いて、突いてぇぇ」

「はいっ」慶太は鷲づかみにした瑛梨の腰に指を食い込ませ、女体を引きつけるようにして荒々しく腰を躍らせる。が――

そのとき、少し離れたところから声が聞こえてきた。堤の上の道だ。誰かが近づいていた。顔を上げると、柳の枝の隙間にライトの灯《あか》りが見えた。少年と少女、二人の話し声。自転車を歩いて押している、車輪のカラカラと回る音。

慶太の腰がピタッと止まってしまう。アクメの淵に片足を突っ込んでいた瑛梨は、膣壺の底から湧き上がってくる疼《うず》きに腰をくねらせた。「あぁん……イヤッ、慶太くん、やめないでっ」

「シ、シーッ！」慶太が小声で言う。「静かに……見つかっちゃいますよ……！」

瑛梨もひそひそと応じる。「わかってるわ。声は出さないから……ねえ、続けて。もうちょっとでイキそうなの。お願いよぉ」

「で、でも、音が……」

「大丈夫よぉ。これまでどおりパンパンさせなければ、気づきっこないわ。続けてくれないと……大声出すわよ？」

「ちょっ……わ、わかりました」

覚悟を決めたのか、やけくそになったのか、慶太はピストンを再開した。トップスピードとはいかないが、女体を追い詰めるには充分な速度の嵌め腰となる。

（あぁぁ、オマ×コ気持ちいいわ……イク、イッちゃううぅ）

グッチュグッチュ、ヌッチョヌッチョと、淫靡な音が鳴り響いた。だがそれは、清涼なせせらぎの音や虫の音に紛《まぎ》れて、堤の上までは届かなかったようだ。

少年少女は、すぐそばで淫らに交わっている者たちがいるなど思いも寄らぬ様子で、堤の上の道を通り過ぎていく。聞こえてくる話し声によると、二人とも高校生で、麓の町の進学塾からの帰りだそうだ。

二人は付き合っているらしく、少年の方は、家路が分かれる前にエッチなことがしたいと思っているようだ。『そこの林の木陰でさぁ……』と、しきりに少女を誘っている。これには瑛梨もさすがに息を呑む。

が、少女はにべもなく突っぱねた。『ユウくん、一人だけ気持ち良くなって、さっさとイッちゃうじゃん。もう、あたし、そういうの嫌なの』

『しょ、しょうがないだろ、お前がイッちゃったら……天狗の呪いで、俺たち受験に落ちちゃうかもしれないぞ』

『……あーあ、大学行ったら、天狗の呪いなんて信じてない彼氏作ろうかなぁ』

『そ、そんなぁ』

情けない声で必死に少女をなだめようとする少年の声と、自転車の車輪の音は、そのまま何事もなく遠ざかっていった。

「ふううっ……ほ、ほらぁ……気づかれなかったでしょう？」

もう大丈夫だろうと、瑛梨は声を大きくする。「いいっ……今の二人のためにも、今度のお祭りの儀式……んんっ、ぜ、絶対、成功させなきゃ……ね？　あ、あうっ……あ、あ、ああっ！」

「ううっ……は、はいっ！」

慶太も安心したのか、抽送のストロークをさらに激しくした。双臀に彼の腰が当って、パンッパンッパンッという情交の音色が夜の川辺に響く。

太マラの、紡錘形の竿の膨らみが高速で出入りして、内側から膣口がめくれそうになった。さらに慶太は、瑛梨の股間を片手で探り、割れ目の中に息づく肉蕾をベールの上から押し潰し、こね回してくる。

「ひ、ひぎいっ！　んほ、おぉ、オマ×コも、クリも、どっちもオォ……あはぁ、イクッ、イクイクッ!!　く……くくっ、ああっ……イッ、クウウゥ……！」

瑛梨は柳の幹に爪が食い込むほどしがみつき、腕も脚をブルブルと戦慄かせて、オルガスムスの荒波に揉みくちゃにされていく。

慶太が叫ぶ。「僕も、イキます……ううっ……で、出るウウウッ!!」

「ひあぁ、奥でいっぱい出てるゥ……お、おほっ、おおぉん、またイグぅぅ……!!」

絶頂した直後の肉壺に、鉄砲水の如きザーメンを注ぎ込まれ、瑛梨はさらなる極みへと昇り詰めた。

アクメを超えるアクメ、その激悦は、膣内のペニスの脈動が終わるまで——いや、終わった後も延々と続く。瑛梨は半ば意識を失い、その身体は桃色の世界でドロドロに溶けていくのだった。

第四章　3P×2の試練

1

大鷺家の長女であり、牛頭天王の巫女——静穂は、寝床の中で、眠れぬ夜を過ごしていた。

布団に入ってから、かれこれ一時間近く経っただろうか。日付が変わっていれば、今日はもう七月十四日の金曜日。つまり、あと一日で祭りの当日だ。

(今年こそ、私、気をやることができるかしら……)

悩ましさになかなか眠れず、そんな夜がもう四日ほど続いている。祭りの日が近づくほど、不安は膨れ上がった。

真っ暗な部屋が、物音一つしない静寂が、なぜか心をざわつかせる。

静穂は溜め息をついた。眠れないならしょうがない。別のことをして、眠くなるのを待つしかない。

布団の中で浴衣をめくり、太腿を剥き出しにすると、両膝を立て、はしたなく股を広げた。そして、パンティの中におずおずと手を潜り込ませる。

気分転換にオナニーをしようというのではない。これは練習だ。女体の訓練だ。高校を卒業し、叔母から牛頭天王の巫女を継いでからというもの、静穂は、祭りの儀式でちゃんと達することができるよう、少なくとも三日に一度は手淫を試みていたのである。

肉のスリットに中指を差し入れ、包皮の上からそっと陰核を撫でる。

熱い痺れを感じはするが、得られる愉悦は微々たるもの。

そのうち陰核が勃起する。指先を割れ目の下方に移動させ、膣口を探ってみれば、ほんのお湿りに過ぎないが、一応は濡れてきている。

（やり方は、間違っていないはず……）

どちらかといえばアナログ人間の静穂もスマホは持っているし、必要に迫られればたまにはネット検索もした。密かにオナニーの仕方を調べたこともあった。

ぬかるむ肉穴に中指を第一関節まで差し込んだら、左右に回転させるようにして、穴の縁をさすってみる。

Ｇスポットらしき場所を、指の腹でクックッと軽めに押してみる。

「ん……んっ……はぁ……」

やはり全然感じないというわけではないが、微かに心地良い程度だ。辛抱強く続けると多少は快美感が込み上げてくるが、呼吸はほとんど乱れないし、絶頂にはほど遠い感じだった。

何度やってもこの調子なのである。

性感に集中しようとすればするほど、焦燥感《しょうそうかん》が込み上げてくる。すると、これまでに祭りで交わった男たちの顔が脳裏に浮かんでくるのだった。苦しそうな表情、焦《あせ》った表情、プライドを傷つけられた羞恥、静穂への苛立ち、怒りの表情——

静穂の指が止まる。

（これじゃ、今年も無理だわ……）

大鷲家の女は皆こうなのだと、静穂は先代巫女の叔母から聞かされた。絶頂することのできぬ身体——叔母は、これもまた天狗の呪いなのかもと言っていた。

（私のせいで、また儀式が失敗する……）

目頭が熱くなり、嗚咽《おえつ》が漏れそうになる。

静穂は唇を固く結び、布団の中で静かに身を震わせた。

2

祭りの前日。朝食を済ませた慶太が部屋で待機していると、やってきた瑛梨が言った。今日はもう特訓はなしにするわと。

明日の本番に備えて、心と身体を充分に休めておきなさいというのだ。丸一日、自由に過ごしていいという。ただし射精は厳禁。カウパー腺液の一滴も漏らしては駄目だと、繰り返し釘を刺される。

「ほんとは三日間くらい射精しないでもらって、たっぷり精液を溜めた状態でお祭り当日を迎えてもらいたかったんだけど、それじゃ特訓に使える日数が少なくなっちゃうから仕方なかったのよ。だから、今日一日でタマタマ袋をいっぱいにしちゃいなさい。いいわねっ？」

そう言って、瑛梨は部屋を出ていった。

慶太はしばし呆然とした。この村に来てからは女漬けの毎日だったので、急にそれがなくなると、なんだか物足りなく感じてしまう。

精のつく食べ物を朝昼晩と出され、例の勃起サプリも呑み続けていたので、ほんの少しの刺激でペニスは完全勃起を遂げそうな、いつでも女を抱けるように常時疼いているような状態だった。

(これを丸一日放置しろっていうのか?)

ムラムラしっぱなしで、せっかくの自由時間だというのに、テスト勉強もはかどらない。うかつに外に出ると、昨日のように村の女たちに迫られるかもしれないので、慶太は一日中部屋で悶々と過ごした。果てはトイレで用を足そうとズボンから引っ張り出し、外気に触れさせただけで、若茎がムクムクと充血してしまう有様だった。

寝る前のオナニーも駄目。勃起したまま布団に入った。無論、夢精も許されない。

寝床の中で慶太が考えるのは、やはり明日の儀式のことだった。

村の五人の女とセックスして絶頂させなければならないわけだが、そのうちの一人は静穂が確定しているとして、

(……残りの四人は、どんな人たちになるんだろう?)

昨夜の岩田家からの帰り道、柳の木陰で野外性交に励んだ後、瑛梨にそのことを尋ねてみた。しかし、まだ決まっていないという。そしてもし決まっていても、慶太には言えないのだそうだ。そういう決まりなのだとか。

瑛梨は冗談めかして言った。「たとえば稀人が、選ばれた村の女性たちを気に入らないってこともあるでしょう？　そうなったら、最悪、儀式の前に稀人に逃げられちゃうかもしれないじゃない。だから内緒なのよ」と。

（僕が逃げ出したくなるような人が選ばれる可能性もあるのか……？）

そんなことを考えると、どうにも不安を禁じ得なくなる。

寝苦しい一夜を過ごし――そして、とうとう祭りの当日を迎えた。

神社の巫女の静穂はもちろんのこと、瑛梨も祭りの準備の手伝いに朝から大忙しの様子だった。

朝食後、出かける前の瑛梨から、謎の錠剤を手渡された。

「夕方の五時頃から儀式が始まるから、その一時間くらい前に呑んでおいてね」

「なんですか、これ？」

「うーん……秘密」

「え……？」

「ふふっ、大丈夫よ、毒じゃないから」

悪戯っぽく瑛梨は微笑んだ。おそらくこれも勃起サプリの一種だろうと、慶太は理解した。

夕方までは、昨日と同じく自由時間となる。ちょっとだけテストの勉強をしたり、スマホでネット動画やSNSなどを見ながらそわそわと過ごす。

昨日の禁欲日が効いていて、陰茎はますますセンシティブになっていた。ちょっとした身じろぎでパンツと擦れるだけで甘い掻痒感《そうようかん》が湧き上がってくる。禁を破ってしごいてしまおうかと、何度股間に手を伸ばしかけたことか。まるで性依存症患者だ。

しかし、なんとか我慢し続け、言われたとおりの時間に例の薬を呑む。

それからしばらくするとお手伝いさんがやってきた。「稀人様、そろそろ出発のお時間です」

屋敷を出て、彼女の案内で牛頭天王の神社へ向かった。村外れの鳥居を潜り、山の中に入っていった。坂になった参道を上り、境内に到着すると、五十代くらいと思われる神主の男が慶太たちを待っていて、今度は彼が案内役となった。

「それでは、今から身を清めていただきます」

この山の中に、神事などで身を清めるとき——湯を使った禊《みそ》ぎ、湯垢離《ゆごり》というらしい——に使う温泉があるという。

拝殿の裏手に、その場所へと続く石の階段があり、神主の後に続いて上っていく。途中で下りてくる人と出くわしたら、擦れ違うのに少々苦労しそうな、そんな幅の狭い階段だった。

だが、長さは相当なもので、それが蛇のように曲がりくねっている。神主が言うには三百六十七段もあるそうだ。やっと上りきったときには、慶太はもうくたくたになっていた。

階段の先には古びた小屋があり、慶太はそこの長椅子で一休みさせてもらった。自分より遙かに年上と思われる神主の男は、少しも疲れた様子を見せず、「では、終わりましたら下りてきてください」と言って、上ってきたばかりの階段を平然と下りていった。

慶太は溜め息をつき、周囲の様子をうかがう。

その小屋には扉の類いはなく、二つある出入り口が開きっぱなしである。慶太たちが入ってきた方の反対側にある出入り口から、水の流れる音と微かな硫黄臭が流れてきていた。

慶太は、そちらの出入り口から外を覗いてみる。すると、左手の方に岩造りの温泉があった。露天風呂《ろてんぶろ》だ。その周りを木の塀が囲っていて、塀の向こうには杉の木がびっしりと立ち並んでいた。

つまりこの小屋は脱衣所というわけだ。壁際の棚には、竹の籠が並んでいた。ちなみに棚の最上段には、木製の湯桶がいくつも積まれている。

(ほとんど旅館の露天風呂だな。ここで裸になって、身体を洗い清めるのか)

籠の中には手拭いが入っていた。これで普通に身体を洗えばいいのだろうか？　神主が特に説明をしていかなかったので、細かい決まりや作法はないと思われる。石鹸は置いてなかったので、湯だけで洗えということだろう。

慶太は服を脱いで、棚の籠に入れていった。

この後はついに儀式だ、特訓の成果が試されるときだ——そう思うと、緊張感がいよいよ高まってくる。そのせいだろうか、顔がどんどん火照ってきて、自分でも驚くくらいに熱くなった。

なぜかペニスも熱くなり、ズキズキするほど疼いてくる。ボクサーパンツをずり下ろすと、フル勃起の肉棒がバネ仕掛けのオモチャのように下腹を打った。

(いつもよりもさらに大きいような……これ、二十センチ以上あるんじゃないか？　こんなに勃起したのは初めてだ)

慶太は手拭いと湯桶を持って小屋から出て、洗い場へ足を踏み出す。

大自然の中で、隆々とそそり立つペニスを晒していると、誰も見ていないとはいえ少々恥ずかしくなった。

が、それと同時に、なんとも言えない爽快な気分も覚える。倒錯した解放感に、鎌首がピクッピクッと打ち震えた。

慶太は湯船のすぐそばに腰を下ろし、湯の中に軽く手を入れてみる。それほど熱くはなく、どちらかといえばぬるめの湯だ。長時間浸かって、じっくりと身体を温めるのに良さそうな温度である。

とはいえ、今の目的は身体を清めること。慶太は湯桶で湯をくんで、肩から流す。頭からも浴びる。硫黄の匂いはそれほど強くない。ここの泉質は、あまり硫黄が濃くないのだろう。

手拭いで身体を擦ろうとしたときだった。不意に人の声が聞こえてきた。

一人ではない。何人もの女の声だ。賑やかな笑い声は、そのどれもが慶太の知っている声だった。目を丸くして、脱衣所の小屋に視線を向ける。

しばらくすると、小屋からぞろぞろと、思ったとおりの女たちが現れた。

亜貴、知絵、野乃子、そして瑛梨。

四人の女たちは、バスタオルで肌を隠すような野暮もなく、生まれたままの姿で立ち並び、慶太を取り囲む。

ずらりと並ぶ、合計八つの乳房。お椀《わん》型に整った亜貴のＣカップ。小柄な体型とは対照的な知絵のEカップ。野乃子は一人だけ恥ずかしそうに手と腕でGカップの頂点を隠し、そして瑛梨のバストは圧巻のアメリカンサイズのJカップだ。

「え、え……なんで皆さんが……？」

慶太は呆気に取られ、中途半端に腰を浮かせた格好で固まった。

顔とほぼ同じ高さに、女たちの股間がぐるりと並んでいる。野乃子は手で覆っているが、残りの三人は剝き出しの恥丘を堂々と晒していた。亜貴の茂み、知絵の草叢、赤みを帯びたブラウン系の瑛梨のアンダーヘア。

「もしかして、僕が身体を清めるのを手伝ってくれるとか……？」

「ええ、私たちが慶太くんを、隅から隅まで綺麗に洗ってあげるわ。でも、洗うだけじゃないのよ」悪戯っぽく笑って、瑛梨は言う。

だって、もうお祭りの儀式は始まっているんだから——と。

つまり彼女たちが、慶太と交わる五人のうちの四人だというのだ。

今、この場で、慶太はまず瑛梨たちをイカせなければならない。それが済んだら、五人目の静穂のところへ行くのだという。

「なんだ、そうだったんですか……」

儀式の相手である四人の女たちは、全員顔見知りどころかセックス済み。

慶太はほっとしたのと同時に、ちょっとだけ拍子抜けした。

なんでも、儀式の女たちの選考に、慶太の世話役である瑛梨も加わり、「私がこの村で一番、慶太くんの女性の好みを理解してますから！」と言って、意見を押し通したのだそうだ。

神社の神主や巫女の静穂、大鷺家当主、そして杉見沢村の村長も、稀人様のお気に召さない女性を選ぶわけにはいかないからと、すべて瑛梨の言うとおりにしたという。

「ちょっとぉ慶太くん、あたしたちじゃご不満なの？」

知絵が巨乳を持ち上げるように腕を組み、すねた少女の如く唇を尖らせた。

「お姉さん、悲しいわぁ。もうこの身体には飽きちゃったのかしら？」

「え……!?　い、いやいや、まさか」慶太は慌ててかぶりを振る。「今日の儀式の相手が皆さんで、僕、とっても嬉しいです。ほ、本当に」

確かに野乃子以外は、特訓という名目の下、散々嵌めまくった身体だ。

しかし、毛ほども飽きてはいない。彼女らの身体はそれぞれに個性がありつつ、皆、上質の嵌め心地で、とても数日程度で味わい尽くせるものではなかったのだから。

「うふふ、信じてあげるわ」と、瑛梨が言った。「私たちだって、慶太くんのオチ×チンにこれっぽっちも飽きてないもの」

エメラルドグリーンの視線を慶太の股間に注ぎ、彼女は舌舐めずりをする。

妖しい薄笑いを浮かべる亜貴と知絵はもちろんのこと、恥ずかしげに身をくねらせている野乃子すら、いつしかその瞳に情火の輝きを爛々《らんらん》と宿していた。

3

「慶太くん、お薬、ちゃんと呑んだんだね」と、亜貴が言った。今日、瑛梨に渡されたあの錠剤は、看護師である彼女に取り寄せてもらったものらしい。

それはＥＤ——勃起不全の治療薬だった。

もちろん慶太のペニスは健康そのものだったが、その薬を呑めば、全身の血管が拡張して、さらに強力な怒張が得られるのだそうだ。

慶太も名前を知っている有名なＥＤ治療薬とは別物で、それと比べると、即効性に劣るという。その分、作用時間の長さに優れていて、有名な治療薬の六倍以上——先ほど慶太が呑んだ分量では二十四時間ほど持続するらしい。

「ま、丸一日続くんですか？　そんな、困るんですけど……！」

「大丈夫だよ。別にずっと勃ちっぱなしってわけじゃないから。副作用は身体が火照ったり、消化不良になったりすることかな。異常を感じたらすぐに教えてね」

確かに身体中が火照っているが、それは血管拡張作用によるもので、心配するような症状ではないという。幸い、それ以外の副作用は今のところ感じられなかった。

「ところで慶太くんを洗うのに、石鹸はないの？　ボディソープは？」知絵が洗い場を見回して、首を傾げる。

「ここでは石鹸の類いは使えないんです」と、瑛梨が答えた。排水を川に流しているので、環境を守るために石鹸もシャンプーも禁止なのだそうだ。

「なぁんだ、つまらないの。みんなで慶太くんを洗ってあげるって言うから、石鹸の泡でソーププレイでもしてあげようと思ってたのに」

すると亜貴がニヤリとする。「泡はなくても、ヌルヌルしたものならあるじゃないか」と言って、ベロッと舌を出した。

なるほどと、知絵と瑛梨はすかさず察する。野乃子も遅ればせながら理解して、顔を赤くした。つまり唾液を使うということだ。

慶太が洗い場に立つと、四人の女たちが慶太の身体に唇を寄せてくる。

ぬめる舌粘膜を身体の各部に擦りつけて、ペロペロ、レロレロと舐め清めだした。

「あぁ……くっ、くすぐったいです……くふっ……うひゃっ」

まずは両腕、両脚を——足の裏に至るまで、女たちの淫らにして清浄《せいじょう》な唾液が塗りつけられていく。指の一本一本も丁寧にしゃぶられる。

続いて胸元と背中を、四つの舌が這い回った。瑛梨と野乃子が、背筋を中心にして、下から上へ舌先をツツーッと滑らせていく。

くすぐったさにたまらなくなるのだが、亜貴と知絵の舌技が、慶太の胸の小さな突起に施され、こちらは淫靡な刺激に晒された。

胸元と背中の別々の感覚が混ざり合い、どちらがくすぐったくて、どちらが快美感なのか混乱する。最終的には、すべてが肉悦となる。

「ほぅら、男性もここを愛撫されると気持ちいいだろう？」

「あひっ……は、はい……ほ、ほぉう……！」

「うふふっ、慶太くんの乳首、もうカチカチになっちゃったわぁ」

頬が凹むほど突起が吸引され、甘やかに前歯を食い込まされた。一方の瑛梨と野乃子は、背中だけでは飽き足らず、腋の下まで蠢く舌の標的にする。そして唾液にまみれた慶太の背中を、五本の指で妖しく撫で回す。

「んふっ、ちょっとしょっぱいわね。でも美味しいわぁ」

「ああ、私ったらなんてはしたないことを……こんなことが夫に知られたら……」ペロッ、レロレロッ。

ムズムズする快感に翻弄され、慶太は狂おしく身をよじった。女たちの唾液から漂う仄かに刺激的な香りも官能を掻き乱す。腰のモノはさらに張り詰め、野太い青筋を何本も浮かべ、今にも弾けそうな有様で天を仰いでいる。

そんな状態のペニスをいつまでも放っておく女たちではない。

まずは知絵が抜け駆けをしてしゃぶりつく。先走り汁を滴らせていた鈴口を舐め上げ、固く締めた朱唇で肉幹をしごきだした。

「ああん、ずるいです、知絵さん……もうっ」

後塵を拝した三人の女たちはジャンケンで順番を決め、知絵に続いてローテーションで肉棒を咥えていった。

(おお……しゃぶり方も、唇の感触も、みんなちょっとずつ違うな)

口奉仕をしてくれる女によってそれぞれの愉しみがあり――たとえば知絵は、舌肉が四人の中で一番温かかった。絡みつかれた亀頭や雁首にジワッと熱が伝わり、心地良さに蕩けそうになる。

野乃子は一番の年上でありながら、舌の動かし方が一番拙《つたな》かった。だが、慶太を悦ばせるために一生懸命なのは伝わってくるし、申し訳なさそうに、恥ずかしそうに、チラチラと上目遣いで見上げてくるのが、なんとも男心をくすぐる。

瑛梨はダイナミックに首を振る。そしてズズッ、ズボボッと下品な音を響かせ、力強くペニスを吸い立てた。バキュームフェラだ。その激しい吸引音と共に朱唇が震え、絶妙なバイブレーションの悦を竿に伝えてくれる。

舌使いが一番巧みだったのは、やはり亜貴だ。男性経験よりも女性経験の方が多いという彼女だが、その舌技は、フェラにもクンニにも通じるところがあるのだろう。

まるで別の生き物のように躍動する舌が、牡の急所を的確に衝いてくる。

さらに亜貴は片手で竿の根元を擦り、もう片方の手で陰嚢を撫でながら揉んできた。

それを見た三人の女たちも、負けていられないと同じようにする。

「うわ、ああっ……き、気持ち良すぎて……もう出ちゃいそうです……！」

美女たちによる贅沢すぎるフェラ三昧《ざんまい》に、慶太は射精感を募らせた。

今日は五人の女を昇天させなければならないので、無駄弾を撃つわけにはいかない。野乃子が瑛梨に心配そうに尋ねる。「い、いいんですか？　慶太さんの精力はなるべく温存しておいた方がいいんじゃ……？」

「まぁ、一回くらいはいいんじゃないでしょうか。お薬もバッチリ効いているみたいだし……どう、慶太くん？」

「は、はい、多分、大丈夫だと思います……」

今、慶太の精力は溢れんばかりにみなぎっていた。さらに昨日からの禁欲の影響で、射精欲は猛烈に高ぶっている。ここまで来て吐精させてもらえないなど、蛇の生殺しもいいところだった。

「……っぽ。じゃあどうする、慶太くん？　このままお口で続けてほしい？」

ゆるゆると肉棒を手筒で擦りながら、知絵が訊いてくる。

「それとも……パイズリしてあげよっか？」

「え、パイズリ？　し、してほしいですっ」

これまで慶太がやってきた特訓は、女をイカせるためのもの。

従って、慶太自身が奉仕される側になることはほとんどなく、パイズリも未経験であった。やってくれるというのなら、是が非でもお願いしたい。

これまでのローテーションの順番で、知絵から野乃子にバトンタッチとなる。が、野乃子はパイズリをしたことがないという。そもそも、パイズリってなんですか？という状態。知絵はさも驚いた様子で目を丸くした。

「ええ～、野乃子さん、そんな立派なオッパイなのに、旦那さん、一度もしてくれって言ってこなかったんですか？　もったいないなぁい」

そして、パイズリについて野乃子に説明する。

野乃子はみるみる顔を赤く染め、ブルブルと首を振った。

「そ、そんな、胸で、オ……オチ×チンを挟むなんて……む、無理です、私には」

野乃子にとってはフェラチオ以上に恥ずかしいプレイらしい。だが、彼女のGカップは、パイズリをするにはまさに打ってつけの巨乳である。

首を振った勢いで、ゼリーのようにプルプルと震える乳肉。大粒の褐色乳首。ぷっくりと膨らんだ乳輪。それらに目を奪われながら、慶太は彼女に詰め寄った。

「やったことがないから恥ずかしく感じるだけです。やってみたら、すぐに慣れますよ。さあ、ほら」

「で、でも、なんだか難しそうで、私にはやっぱり……あぁ、どうしてもしなきゃ駄目ですか？」

お願いしますと、慶太がそそり立つ男根で迫れば、押しに弱い野乃子は断れない。

観念した野乃子が、仁王立ちの慶太の前にひざまずき、両手で双乳を持ち上げる。

その狭間に慶太が屹立を差し込むと、彼女はおずおずと肉房を左右から寄せた。

「こ、これでいいんですか？　ああ、慶太さんのオチ×チン、熱い……」

ムニュッと、空気のように柔らかい感触でペニスが包まれる。丸々とした二つの乳房が、赤黒く充血した肉棒をホットドッグの如く挟み込んだ。

「そうです。もっと強くチ×ポを圧迫してくれると……ああ、いいですね。じゃあ、そのままオッパイを上下に揺らしてください。そう……チ×ポに擦りつけるように……おうぅ、も、もっと早く動かして……！」

「は、はい……ああん、私、とってもいやらしいことをしてる……恥ずかしい……」

苦悩の声を漏らしながらも、野乃子はすべて言われたとおりにした。

「ううっ……うぅん、だいぶ上手になりましたよ。今度、力也さんにしてあげたらどうですか？」

「だ、駄目です。どこで覚えてきたんだって、怒られちゃいます。あぁあ……」

悩ましげに眉をひそめる表情も色っぽく、戦慄くように首を振る野乃子。

慶太は自分より二十も年上の女を従わせる悦びに、純朴な田舎妻に淫らなプレイを教え込む背徳感に興奮する。

そして初めての乳奉仕の悦に感動を覚えた。無論、膣嵌めの快感には及ばないが、手コキやフェラチオとはまた違う、乳肉による独特の摩擦感は、思いも寄らぬ愉悦をもたらしてくれる。

（これがパイズリなんだ。AVとかでよく見たけど、こんな感じだったんだな。柔らかくって、すべすべしていて……）

男なら誰もが憧れるプレイの一つを体験できて、慶太の心は高揚した。

こうなったら、全員の乳房の感触をペニスで味わってみたい。少々名残《なごり》惜しくもあるが、野乃子から瑛梨に交代してもらう。

さすが村一番の爆乳だけあって、慶太の巨根のほとんどが、瑛梨の胸の谷間に埋まってしまった。彼女の乳さばきはなかなかに巧みで、肉棒をギュッと包み込みながら双乳がリズミカルに躍る。

「うくっ、え、瑛梨さん、やり慣れてます……？」

「……んん……ふふうっ……んばっ」

瑛梨が口を開くと、多量の唾液がダラリと溢れ出た。

密かにずっと溜めていたのだろう。谷間に流れ込んだ生温かい粘液は、まさに天然のローションとなって乳肌の滑りをさらになめらかにする。

「ふぅ……ええ、そうよ。昔、夫によくせがまれたの。エッチなビデオまで観せられて、こんなふうにやってくれってね」

ヌルヌルになってペニスに吸いついてくる乳肉。チュポボッ、ニュポッ、グポッと、下劣にして淫猥極まりない音が、神社の境内から続く神聖な場所に響き渡った。

左右の乳房を揃えて上下させるだけでなく、ときに右側、ときに左側だけの肉房でペニスを擦り、ときには左右を互い違いに動かす。肉棒を揉みくちゃにされる快感に、慶太は止めどなくカウパー腺液をちびらせた。

（くうぅ、イッちゃいそうだ）

だが、まだイケない。イクのは全員のパイズリを味わってからだ。慶太は限界を超えそうな射精感を奥歯で嚙み殺し、ローテーションを回してもらう。

「次は私だけど……Ｃカップでパイズリってできるのかな？」

亜貴も未経験者らしい。確かに、いくら形の整った美乳とはいえ、Ｃカップの谷間では少々難しいプレイだろう。すると知絵が、

「じゃあ、あっちゃん、あたしと一緒にしようよ」

亜貴と知絵は膝立ちの格好で、ペニスを間に挟むようにして向かい合う。

ペニスの右半分に亜貴が、左半分に知絵が乳房を押しつけてきた。

なるほど、二人の乳房で左右から挟めば、谷間の浅さも問題なくなる。二人は揃って乳房を躍らせ始めた。幼馴染みの親友同士だけあって、呼吸もぴったりである。

「……どうかな、慶太くん、ちょっと変則的なパイズリだけど、ちゃんと気持ちいいかい？」

「ええ、もちろんです。とっても……ああ、たまらない……」

亜貴の乳房は、大きさで他の三人に劣っている分、一番の弾力を誇っている。ゴム鞠《まり》のような乳肉は、甘美にして強烈な摩擦快感をもたらしてくれた。ある意味で、巨乳、爆乳にも負けない、パイズリ向きの乳房である。

そしてダブルパイズリならではの利点として、乳首の感触がアクセントとなり、摩擦感をより刺激的にしてくれた。彼女たちの乳首は瞬く間に勃起し、コリコリとした感触で竿や雁首を擦ってくる。

「あ、ひぃん、先っちょ、気持ちいいわ。これ、普通にパイズリするより、ずっといぃん」

人並みより遙かに敏感な乳首を持つ知絵は、猥褻《わいせつ》な笑みを浮かべてますます激しく肉房を躍らせる。亜貴もその動きにしっかりと合わせてくる。

二人がかりの乳擦りの妙技に慶太が酔いしれていると、不意に瑛梨が、未だ唾液のぬめりを残した乳房を背中に押し当て、ヌルリヌルリと擦りつけてきた。

「ほら、慶太くん、あんまり時間をかけてないで、そろそろ出しちゃいなさい。この後が儀式の本番なんだから」

瑛梨に促され、野乃子もおずおずと慶太の身体に乳スポンジを当てる。野乃子は右の二の腕を乳丘の谷間に収め、覚えたてのパイズリの要領で撫で擦ってきた。

柔肉のくすぐったい感触は、身体中どこで感じてもゾクゾクする。四人の乳房に射精感を煽られ、慶太ももう我慢できなくなる。

「わ、わかりました、今、出しますっ……ああっ……お、お、おううッ!!」

背筋を引き絞って仰け反り、思いっ切り腰を突き出した。二人の人妻のバストの狭間から、亀頭がニュッと飛び出す。

それと同時に、鈴口からザーメンが噴出した。二メートルを優に越える高さに弧を描いた初弾は、ベチャッと落下して洗い場の床にへばりつく。

さらに次々と撃ち出される液弾。その放物線は徐々に緩やかになり、最後に亜貴と知絵の乳房をドロリと汚した。

溜め息を漏らす知絵。「はぁ……また濃いのが出たわねぇ。ひっついて、全然垂れていかないわ。まるで一か月間、溜めに溜めまくった精液みたい」

若い精力と強壮サプリによるドーピングのせいか、あるいは連日の大量射精で睾丸すら鍛えられたのか――ほんの一日ちょっとの禁欲で、ザーメンは慶太自身も驚くほどの濃縮液となっていた。

鈴口からつららのようにぶら下がっている、黄色がかった濃汁の残りを、知絵が好色な舌で舐め取る。

匂いも濃厚だった。温泉から漂う仄かな硫黄の香りを塗り替えるほどの、ツーンと鼻を衝く青い臭気。

それが女たちの淫欲を高ぶらせていくようだった。

彼女らは情火を燃え盛らせる瞳で、未だ一ミリも萎《な》えぬ若勃起をじっと見つめてくる——。

4

そして、いよいよ儀式の本番が始まる。

今度はジャンケンではなく、話し合いで順番を決めた。瑛梨は年上の三人にトップバッターを譲り、野乃子も「私は別に……何番目でも構わないです」と言う。

それならばと、亜貴と知絵が３Ｐを提案してきた。せっかく女が四人も集まっているのに、一人ずつ相手をするのでは面白くないでしょう？　というのだ。

貪欲《どんよく》な人妻を二人同時に相手できるだろうかと、慶太は少し不安を抱く。

これまでの特訓でも、亜貴と知絵との３Ｐっぽい絡みになったことはあった。しかしそれは、片方とセックスをしているときに、もう片方がちょっかいを出してくるといったくらいのもので、慶太が一人で二人をいっぺんに悦ばせたことはない。

が、だからこそ挑戦してみたいとも思った。今の自分なら可能なんじゃないかと思えるくらいの自信はある。

（３Ｐのチャンスなんて、もう二度とないかもしれないしな）

祭りの儀式に成功しようと失敗しようと、それが終わったら慶太は、ただの大学生の日常に戻らなければならない。セックス三昧の日々は今日までなのだ。

「はい、じゃあ亜貴さん、知絵さん、お願いします！」

「そう、ふふふっ、あたしたちもちゃんとした３Ｐなんて初めてだからワクワクしちゃうわ。ねえ、あっちゃん」

「そうだね。それじゃあ……体位はどうしようか？」

三人で話し合い、まずは亜貴が洗い場の床に仰向けになる。その上に知絵が覆い被さった。たとえるなら女同士の正常位という体勢だ。

「さあ、どっちでも好きな穴からどうぞぉ」と知絵が言う。

亜貴は膝を立て、すらりとした長い脚でＭ字を描いた。知絵は亜貴に身を重ねながら、蛙のように両脚を折りたたんだ状態で股を広げる。

上下に並ぶ二つの恥裂。どちらもすでに充分な量の蜜を滴らせていた。

（どうしようかな？）

少し考えてから、慶太は四つん這いになって二つの女陰に鼻先を寄せた。たちまち濃密な牝臭に鼻腔が燻《いぶ》される。

鼻面を上下させて、交互に匂いを嗅いでいく。二人ともまだかけ湯もしていないので、アンモニアの微かな刺激臭も感じられた。知絵の方が若干強く匂って、その分、牡の劣情がよりそそられる。

慶太は顔を上げ、しっかとペニスを握って、知絵の割れ目に亀頭をあてがった。張りついた二枚のラビアを剥がすようにして、肉棒を上下に滑らせ、亀頭に女蜜を絡めていく。そしてズブリと膣口に差し込み、一気に肉路の終点まで貫いた。

「うほっ、い、いきなり奥までぇ」知絵が悲鳴を上げ、丸尻をプルプルと震わせる。

慶太はしまったと思った。今日のイチモツは、ＥＤ治療薬のドーピングで、いつも以上に凶暴な太マラとなっていたのだ。

「すみません、大丈夫ですか？」

「だ、大丈夫よぉ……。あぁ、でも凄いわ。慶太くん、腕を入れてないわよね？　それ、オチ×ポよね？　はうぅ、おっ、おうぅん」

苦しげに呻きながらも、その声は淫らな響きを含んでいる。

小柄な彼女の狭い膣路は、見事な柔軟性で、極太ペニスによる容赦ない拡張に耐えきっていた。

それでもすぐに抽送を始めるのは躊躇われたので、慶太はつきたての餅のような女尻を撫でたり揉んだりしながら、しばし待った。それから、二人の腰の横に両手をつき、緩やかに腰を振りだす。

やはり肉擦れの摩擦はこれまでより強くなっていて、ペニスを抜くときなどは、膣口の縁がもこっと膨らみ、外側にめくれそうになっていた。

（ヒダヒダの感触が、いつもよりはっきりと感じられる。おおぉ）

甘美な肉悦によだれを垂らしそうになりながら、慶太は牝穴を掘り返していく。

気持ち良さについ我を忘れそうになるが、これは３Ｐだった。とりあえず一分ほどピストンを続けたら、いったん結合を解く。知絵が切ない声を上げる。

「あ、いやぁん、あうぅ……３Ｐがしたいって言ったのはこっちだけど、途中で抜かれると、やっぱりオマ×コが寂しくなっちゃうぅ」

「ま、またすぐ戻ってきますから」

次は亜貴の穴へ。今度はいきなり奥まで入れず、膣門に雁首を潜らせた後は、じわじわと押し込んでいった。

「あはあっ、ほ、本当にいつもより太い……！　んん、おおぉ……ゆ、ゆっくり入ってこられると、それはそれで、焦らされているみたいで、あぁあ、たまらないよ……おうぅ、まだ、まだ入ってくるうぅ」

ようやく奥まで差し込んだら、亜貴の太腿の強張りが多少なりとも緩むのを待ち、いざピストンを開始する。こちらの穴も普段を超える摩擦快感をもたらしてくれて、たまらず精液混じりのカウパー腺液を鈴口から垂れ流す。

一分ほど腰を振り続けたら、また知絵の肉壺へ戻った。そのペースで二つの膣穴を行ったり来たりする。嵌め心地の違いを味わいながら、徐々に抽送を励ましていった。

「おっ、おほっ……いつもより、奥にズシンッ、ズシンッて来てるゥ……ひい、いぃい、は、激しっ！　んふぅ、んほおぉ……おっ……おおっおぉ……お腹を突き破って、オチ×ポ出てきちゃいそうよおぉ」

やはり小柄な知絵の膣路は奥行きも短めで、慶太の今の巨根をすべて潜り込ませることはできなかった。経産婦の柔軟な膣路は、亀頭がめり込むごとにどんどん深みを増していったが、それでも二、三センチほど、竿の根元が外に余ってしまう。

一方の亜貴は、男に引けを取らないほどの身長なので、膣路も長めだ。ほどなく、すべてを挿入できるようになる。ペニスの先から付け根まで、余すことなく蜜肉に包まれる愉悦はやはり素晴らしい。

ただ、知絵の膣穴はとても温かい。彼女の舌も温かかったが、膣内はそれ以上だ。熱いといってもいいほどである。その熱さが摩擦感と合わさって、より強烈な刺激で亀頭や雁首を蕩けさせる。

「くはぁ……ううっ……お、おっ……くうッ……！」

慶太も負けじと巨砲を唸らせ、子宮口を打ち震わせた。

「おうっ、おうぅんっ……あはあぁ、す、凄ぉ、おおぉう……ふっ、ふふっ、ねえ、慶太くぅん……どう？　どっちのオマ×コの方が気持ちいぃん？」

「そ、そんなの……どっちもですっ」

慶太は今になって、３Ｐを受け入れたことをちょっとだけ後悔した。

二人の膣穴へ交互に嵌めていると、自分だけがどんどんアクメに近づいていってるような気がする。なんといってもペニスは一本しかないのだから、いっときも休む暇がないのだ。

（みんなをイカせるのが儀式なのに、僕だけイッちゃってたら話にならない）

このままでは駄目だと思い、慶太はピストンを片方へ集中させることにした。

まずは今挿入している亜貴の方から――嵌め腰を轟かせ、ポルチオ性感帯へ肉の拳による乱れ打ちを喰らわせながら、雁エラの引っ掛かりで膣壁を掻きむしる。

女を絶頂させるまで止まらぬ情気機関と化した慶太に、

「ああっ、慶太くん、私ばっかり……ち、知絵にもぉ！」と、亜貴が戸惑い混じりの嬌声を上げた。

もちろん、知絵もないがしろにはしない。片手で知絵の尻たぶを鷲づかみにして荒々しく揉み、もう片方の手の人差し指と中指を、空いている膣穴にねじり込む。

「はぁん、オチ×ポがいいのにぃ……ああっ、でも慶太くんの指、とっても上手ぅ……あ、あはっ、そこ、そう、そぉぉん」

慶太は指と肉棒で、上下の穴をズボズボと引っ掻き回した。ただ、いかにその指が的確にGスポットを擦り立てても、当然のことながら、ドーピングによって肉の凶器と化したペニスの方が遥かに力強く女体を追い詰めていく。

「んあっ！　んひ、ふひぃ……わっ、私っ、いぃ、イッちゃいそう、おぉ、おおぉ、イッちゃやふぅぅ」

ショートヘアを振り乱し、半分白目を剝いた卑猥なアヘ顔を晒す亜貴。村の女たちのアイドルである彼女の、普段の凜々しい美貌はどこへやらだ。

「あぁ、あっちゃんが……こんなエッチな女の顔になるなんて思わなかったわぁ」

指マンに腰を戦慄かせながらも、知絵はしみじみと呟いた。幼馴染みの彼女ですら、亜貴の変貌ぶりは思いも寄らなかったようだ。

「だっ、だって……気持ちいいんだもの……！　知絵、知絵ぇ、そんな、駄目？　こんな私、がっかりしちゃう？　あっ……あひっ、はひぃい」

知絵は、ううんと首を振る。「めちゃめちゃに感じちゃてるあっちゃん、とっても可愛いわ。今までよりもっと……好きになっちゃうぅん。んふぅ、むちゅっ」

二人は顔を寄せ合い、甘い口づけを始めた。

洗い場の隅で、顔を真っ赤にしながら3Ｐを眺めていた野乃子が、「えっ⁉」と声を上げる。隣の瑛梨が、「あの二人は、そういう関係なんです」と教えてあげた。

そんな外野の声など聞こえないように、亜貴と知絵は恍惚《こうこつ》として口づけに耽《ふけ》る。

熱い鼻息を漏らしながら唇を擦り合わせ、その唇を離したと思ったら、互いに舌を伸ばして、周りに見せつけるようにレロレロ、ネチョネチョと絡め合わせる。

（くうっ、エロい）

なんとも淫猥なレズキス。上の口での粘膜同士の交わり。

それは耽美にして倒錯した愛の世界だった。慶太は男の劣情をたぎらせ、嵌め腰を奮《ふる》い立たせる。射精感はもう限界間近まで高ぶっていた。それでも腰の回転は止まらない。さながら暴走列車だ。

超巨根による怒濤《どとう》のピストンで、子宮がひしゃげるほどに突き上げ続けると、亜貴の太腿が狂おしげに痙攣しだす。膣口がギュギューッと収縮する。

「あっ……アーッ、もうダメぇ、イク、イクッ……いいっ……イグーッ!!　んはあぁ、あ、あっ！」

「おおぉ、イ、イキます、僕も……イク、出るっ……ウウゥ!!」

その締めつけがとどめとなって、慶太も鈴口から樹液をほとばしらせた。

先ほどのパイズリの一番搾りにも負けぬ大量ザーメンを注ぎ込むと、アクメの余韻に戦慄いている人妻膣からペニスを引き抜く。未だ少しも力感を失っていないそれを、返す刀で、二本指と交換に知絵の膣穴に挿入した。

「ひいぃいん!　き、来たぁ、オチ×ポ!」

知絵の熟ヒップがビクビクッと大きく跳ね上がる。

慶太は石の床に両手をつき、知絵の背中に覆い被さるようにして、斜め上から嵌め腰を叩きつけた。膣路の腹部側の壁へ当たりが強くなる挿入角度である。

二本指を引っ掛けてたっぷり擦ったので、Gスポットはだいぶ追い詰められているはず。慶太はあえてポルチオを捨て、Gスポットの方へ責めを集中させる。小刻みな高速ピストンで、クリトリスの裏側の膣肉をゴリゴリと削りまくった。

「くっ、くひっ！　あ、あっ、熱くなるぅ……おぉ、オシッコの穴がジンジンして、出ちゃいそう、出ちゃう、んお、ほっ、ほおおぉう」

「いいですよ、思いっ切り潮噴いちゃってください。お風呂だから、後始末も簡単ですし。なんだったら、オシッコしたら……うぅうぅ、慶太くんにも、あっちゃんにも引っ掛かっちゃうぅ」

「いやぁん、今オシッコしたら、オシッコしちゃっても」

ダメダメと知絵は首を振った。その震え声は真に迫っていて、もしかしたら本当の尿意を催しているのかもしれない。

「ふふっ……いいよ、知絵のオシッコだったら喜んでかけてもらうよ」

オルガスムスの衝撃が落ち着いた亜貴が、いつもの凛々しさを少し取り戻してそう言った。亜貴は、知絵の胸元に掌を潜り込ませる。

「あぁ、あふうっ、乳首ぃんっ……っ、つまんじゃダメぇぇ」

どうやら亜貴の指が、知絵の敏感乳首を弄《もてあそ》んでいるようだ。知絵の乱れっぷりはみるみる激しさを増し、喘ぎ声も切羽詰まったものになる。

慶太もとどめのピストンに尽力した。目の前で、知絵の背中が右に左にくねり続けている。背筋にたまった汗のしずくを、慶太はツツーッと舌先を這わせて舐め取る。たったの一舐めだったが、それが最後の一押しとなった。

「んひぃぃい、ンンーーッ！　イックッ、イグゥーーッ‼」

知絵は絶叫と共にオルガスムスの淵へ落ちていく。それと同時に、慶太の陰嚢に生温かい液体が浴びせられた。

慶太はなおも腰を振り、アクメ膣に駄目押しの肉悦を擦り込む。

「と、止まらない、アアーーッ」

それは潮吹きのことではなく、オルガスムスのことのようだった。慶太がピストンを続ける限り、新たな絶頂の大波が次々に押し寄せてくるようで、知絵は淫水が空になるまで出し尽くしても、気が触れたように腰を震わせ続けた。

5

亜貴の中にしたたかに放出したばかりだったので、慶太は射精には至らなかった。

結合を解いて、二人の女体から離れる。石の床にはちょっとした水溜まりができていた。ただ、アンモニアの匂いはしなかったので、やはりさっきのはただの潮吹きだったようである。

慶太は桶を手に取って湯をくみ、若勃起から牝の本気汁や淫水を洗い流す。

やがて亜貴と知絵ものろのろと起き上がり、充分にかけ湯をすると、

「それじゃ、お先に失礼して……ああ、いいお湯ぅ」

「頑張ってね、慶太くん。応援しているよ」

二人は自分たちの仕事は終わったとばかりに温泉に浸かった。後は悠々と儀式の続きを見物する気のようだ。

（さてと、これで四人のうちの二人はイカせた）

残りの二人も絶頂させれば、祭りの儀式は一区切りつく。

「お待たせしました。次は……？」

瑛梨と野乃子は顔を見合わせ、どうぞどうぞと順番を譲り合った。結局はジャンケンをして、次は野乃子の番となる。

さすがにもう野乃子は恥部を隠すことを諦めていた。ふくよかな女体をモジモジと揺らしている彼女を見ると、慶太はどうしても意地悪がしたくなる。

片手でＧカップの肉房が、原型を失うほどに荒々しく揉みしだく。片手で彼女の濃

いめの恥毛を撫でる。ふさふさした感触を愉しんでから股間の奥に潜り込ませると、割れ目の内側をまさぐる。

「ああ、もう充分濡れてますね。３Pを見て興奮しちゃいましたか?」

野乃子は顔をカーッと赤くし、うつむいてしまった。

しかし、大柄な身体を恥じらいに縮こめながらも、蚊の鳴くような声で「……はい」と正直に答えてくれる。

こういうところが本当に可愛い。慶太はますます劣情を盛らせ、

「僕、ちょっと疲れたので、上になってもらえますか?」と、騎乗位を願った。

野乃子は困ったように眉をハの字にする。どうやら騎乗位の経験はないらしい。

それでも慶太は強引に促し、彼女が首を縦に振る前に、さっさと石の床に仰向けになった。ひんやりとしない性質の石らしく、むしろ仄かな温かみすら感じる。瑛梨が言うには、玄武岩という岩石から出来ているそうだ。

「さあ野乃子さん、お願いします」

「ああ……こんな、男の人にまたがるなんて初めてです。恥ずかしい……」

野乃子は躊躇いながら、慶太の腰の左右に足を置き、ゆっくりと豊臀を下ろしてきた。慶太はペニスを握って真っ直ぐ上を向け、待ち構える。

牡肉と牝肉が接触すると、「あうっ」と、野乃子の腰が止まる。

慶太はペニスの向きを調整して、亀頭をぬかるみの窪みにあてがい、「どうぞ」と野乃子に合図を送った。

「は、はい……あ、ううぅ……は、入ってくるぅ」

たっぷりと脂の乗った太腿がプルプルと震える。

三人の子供を産み落とした膣路は、亜貴や知絵のそれ以上に柔らかく、さほど無理もなく巨根を呑み込んでいった。

が、柔軟性だけでなく膣圧にも富んでいて、亀頭が膣門を潜り抜けるや、絡みつく蜜肉がキュッキュッキューーッと嬉しそうにしゃぶりついてきた。

(ううっ……本人はシャイな女の子みたいなのに、なんていやらしいオマ×コだ)

野乃子は肉杭で己を串刺しにしていき、ほどなく亀頭が最深部に当たる。

ペニスの根元はまだ数センチ、外に残っている。しかし野乃子は腰を宙に浮かせたまま、蹲踞の姿勢で止まってしまった。

慶太は腰をくねらせ、グリグリと亀頭を膣底に押し当てる。野乃子は「おうぅ、んおぉ」と艶めかしい呻き声を漏らして、膝を震わせた。

「気持ちいいですか？　オマ×コの奥」

「あ……は、はい……一昨日も、奥を優しく突かれると、それなりに気持ち良かったんですけど……今はもっと……あ、アゥん」

先日よりもしっかりとポルチオの悦を感じるらしい。

もしかしたら、セックスで初めてのアクメを――しかもGスポットの中イキを知ったことにより、女の身体を目覚めさせるスイッチが入ったのかもしれない。

「そうですか。じゃあ、動いてみてください」

慶太は野乃子に騎乗位の腰使いを教えてあげた。野乃子は慶太の胸板に恐る恐る手をつき、言われたとおりに腰を上下させ始める。

「こ、こうですか？　あ、あふぅぅん……オチ×チンの当たっている感触が、この間より、もっとはっきりわかって……本当に、気持ちいぃいですぅ」

「それはなによりです。野乃子さんの腰の振り方もなかなか上手なので、その調子で少しずつ動きを速くしていってください」

「わ、わかりました……ん、んんっ……くぅぅん、ふうっ」

相撲取りが四股を踏むときのような、はしたなく股を広げた格好で、野乃子は膝のバネを利かせて女体を弾ませた。目覚めつつある膣悦に、いつもの羞恥心を忘れてしまっているようである。

乱れていく完熟妻の吐息。ヌッチョヌッチョと結合部から漏れ出す淫らな響き。

野乃子の嵌め腰はどんどん力強さを増していった。ふっくらと肉厚の爛熟ボディでありながら、その内側には農作業で鍛えられた筋肉が隠れているのだろう。

「はあっ、ああっ……気持ち良くって腰が止まらないです……んああっ」

そして膣穴の締めつけも実に素晴らしい。その膣圧で雁首がくびられ、幹がしごかれれば、覚えたての嵌め腰とは思えぬ快美感が走る。そのうえ、柔らかな膣肉がペニスの凹凸の隅々にまで吸いついてくるのだから、

「あ、あぁ……僕も気持ちいいですよ、とっても」

「ふうっ、うふぅん、ほ、本当ですか？　じゃあ私、もっと頑張ります……！」

野乃子は嬉しそうに微笑むと、さらにストロークを加速させ、白く濁った牝汁を滴らせながら、下の口でペニスをしゃぶり立てた。

丸々とした双乳もタプンタプンと躍動し、乳首の褐色が残像の尾を引く。

(野乃子さんのこんな姿を力也さんが見たら、めちゃくちゃ悔しがるんだろうな。いや、むしろ興奮して悦ぶのか？)

あの夫は、密かに寝取られ願望があるような気がする。さもなくば、妻がよその男に抱かれているのをオカズにしてオナニーはできないだろう。

慶太は薄笑いを浮かべて野乃子に尋ねた。

「この後、家に帰ったら、どんなセックスをしたのか力也さんに話すんですか？」

「はんっ、あっ……は、はい……全部話すよう、夫から言われています……」

「じゃあ、野乃子さんが僕のチ×ポをおしゃぶりしたことも、オッパイをブルンブルン揺らしてパイズリしたことも話さないといけませんね」

「あうぅ……はい……そ、そうですぅ……あ、ああっ、あふぅん」

羞恥心を思い出したように、野乃子の頬がまた真っ赤に火照った。

それでも逆ピストン運動は止まらない。恥じらいと肉悦にせめぎ合っている心情が、彼女の顔にありありと浮き出ていた。なんとも悩ましげで、実に艶めかしい。

（この調子なら、野乃子さんをイカせるのも難しくなさそうだけど……）

官能を高ぶらせた慶太は、このまま野乃子に身を任せ、ただの騎乗位セックスをしていることに飽き足らなくなってくる。

慶太は、最後の一人である瑛梨に目を向けた。洗い場の隅に立つ彼女と目が合う。向こうも慶太たちを見ていた。彼女の美しき翠の瞳は情欲に蕩け、左手は乳首をつまみ、右手は股間の奥でモゾモゾと動いていた。

「瑛梨さん」と、慶太は呼びかける。「一人で気持ち良くなっちゃっていいんですか？　稀人がイカせないと、儀式にならないんじゃないですか？」

「ああん……だってぇ」淫らに腰をくねらせ、甘ったるい媚声で言い訳をする瑛梨。

「慶太くんがそんないやらしいセックスを見せつけるのがいけないのよぉ」

「じゃあ瑛梨さんも一緒にしましょう。僕の顔にまたがってください。さあ」

慶太は顔面騎乗を促す。瑛梨の顔に喜びの色がパッと広がった。

「いいの？　ううん、嬉しいっ」

まるで散歩に連れていってもらえる飼い犬の如く、瑛梨が尻尾を振って駆け寄ってきた。野乃子と向かい合うようにして慶太の顔をまたぐと、彼女は遠慮なく着座してくる。

瑛梨を相手にクンニの練習をしたことはあったが、顔面騎乗は初めてだった。量感に富んだ逆ハート型のヒップは、バスト同様、母親譲りのアメリカンサイズ。それがみるみる鼻先に迫ってくる。蜜を滴らせた淫らな肉花が視界を占めていく。

ヨーグルトを思わせる甘酸っぱい香りが鼻腔に流れ込んできた。そこには汗と小水の匂いも混ざっている。慶太は鼻で深呼吸し、牝のアロマで肺をいっぱいに満たす。

（はあぁ、今日も凄くエロい匂いだ）

欧米人は日本人より体臭が濃いと聞いたことがある。その原因の一つは、匂いの元となる汗の量が多いから、アポクリン腺という汗腺組織が多いからなのだとか。

やはり母親からの遺伝なのか、瑛梨もそのアポクリン腺が多いと思われる。だから腋の下はもちろんのこと、陰部も濃く匂った。

しかし、決して悪臭ではないと慶太は思っている。

確かに刺激的な匂いではあるが、そこに膣穴からのヨーグルト臭や、柑橘系の爽やかな体臭が加わり、素晴らしい牝フェロモンとして調和していた。嗅いだ瞬間、頭の奥がジーンと痺れる感覚に最初は驚かされたが、今では病みつきといってもいい。

なによりこれはハーフ美女の恥部から漂う淫臭。少しばかり臭かろうが、それがむしろ男の欲情をたぎらせるというものだ。

やがて瑛梨はすっかり着座し、モチモチした尻肉が慶太の頬にムニュッと当たる。

慶太は早速舌を伸ばし、小陰唇のビラビラを舐め回してから、すでに充血しきって包皮から顔を出していたクリトリスを舌先で転がした。

「ふひぃん、ああ、ひいっ……やっぱり慶太くんにしてもらった方が、自分でいじるよりずっとぉ……おふっ、んっ、くぅぅ、クリぃぃ」

慶太が肉真珠をチュッチュッと吸い立てると、瑛梨は腰を大きく戦慄かせる。

その拍子に、後ろの穴が慶太の鼻先にグリッと当たった。

「ひゃううっ！　あ、あ、ごめんなさい、慶太くんっ」

瑛梨は慌てて桃尻をずらした。アヌスから鼻先が離れる。

それは排泄《はいせつ》物を出す穴だ。しかし慶太は、不思議と嫌悪感の欠片《かけら》も感じなかった。ほんの数センチの目の前にある、この小さな肉の窄《すぼ》まりは、パステルカラーのようなピンク色の粘膜が驚くほど初々しく、綺麗だとすら思う。

瑛梨の股間に顔を埋めながら尋ねた。アナルセックスの経験は？

「な、ないわ」と、瑛梨が答えた。

つまりここは、彼女の夫も触れたことのない未開の処女地――。

慶太はふと考える。もしこの後、見事に祭りの儀式を成功させて、杉見沢村を〝天狗の呪い〟から解放したらどうなるだろう？　今はセックスレスだという瑛梨も、また夫婦の営みに励むようになるのではないだろうか？

セックスレスになった理由を慶太は聞いていないが、おそらく〝天狗の呪い〟が原因ではないかと思っていた。女の絶頂が禁じられているセックスに夫が飽きたのか、あるいは嫌気が差したのは瑛梨の方か――多分、そんなところだろう。さもなくば、こんな素晴らしい女体を何年も放置できる男がいるなど、とても信じられない。

（僕がその原因を解消したら、そのうち夫婦仲も元に戻るかも……）

そう思うと、なんだか無性に悔しくなった。

やはり瑛梨は、自分に初めて女の身体を教えてくれた特別な人なのだ。他の男に抱かれている彼女の姿を想像するだけで嫌な気持ちになる。嫉妬する。それがたとえ彼女の夫だとしてもだ。

そもそも慶太は、瑛梨の夫にいい印象を持っていない。瑛梨さんをほったらかして愛人と浮気するような奴のために、僕は儀式を頑張るわけじゃない！

せめてもの鬱憤《うっぷん》晴らしに、この美しいアヌスに、自分が先に唾をつけてやろうと思った。慶太は豊臀を鷲づかみにし、強引にずらすと、菊座が口元に来るようにする。

「えっ？　け、慶太くん……あ、あぁん、やだ、駄目えぇ……！」

双丘を左右に割り広げ、秘穴の表面を一舐めするや、瑛梨はビクンと腰を跳ね上げた。慶太は桃尻に指を食い込ませて引き戻し、アヌスへの舌愛撫を続行する。

「あうぅ、だ、駄目よぉ、いくらなんでも汚いわ。お尻の穴を舐めるなんて、そんなこと教えてないでしょう？　駄目、駄目……ん、んひぃいっ」

「僕が舐めたいんです。瑛梨さんのお尻の穴なら、全然汚いなんて思いませんよ」

レロ、レロッ、ニュルン。特に変な味はしなかった。

放射状の皺を一本ずつ丁寧に舌でなぞり、それが一周したら、中心の小さな窪みに舌先を当てて、グリグリとほじくるようにする。

「ああ、あ、駄目ぇ！　中に入れるのは、ほんとにッ」

「入れませんよ。軽く押し当ててるだけです。どうです、気持ちいいですか？」

「わ、わからないわ。こんなの、くすぐったいだけで……あ、あうぅぅう、いやぁ」

本当に瑛梨が嫌がったら、慶太も無理に続ける気はなかった。

しかし、彼女の呻き声には、微かだが艶めかしさも混じっているように思えた。

今はまだ羞恥心や生理的な嫌悪感の方が上回っているのだろう。瑛梨の尻がまた逃げる気配を見せたので、慶太は片手で彼女の腰をがっちりと抱え、片手で陰毛ごと恥丘をひっつかみ、親指でクリトリスを撫でたり押し潰したりした。

慶太としてはアナル舐めを我慢させるために、クリトリスの悦でなだめようというつもりだったのだが、

「ダメぇ、今クリトリスをいじられたら、なんだかお尻の穴でも感じているような気持ちになっちゃう」

なるほど、そうなのかと、慶太は思った。それならばと、亜貴直伝の指テクで剝き身の陰核に奉仕しつつ、舌先でピンクの秘粘膜に執拗な甘舐めを施す。

「くふぅぅ、ダメぇ、ダメぇん、ほんとになんだか……あぁぁ、んぎぃ、んおっ、お

おぉん」

次第に瑛梨の尻が抵抗のそぶりを見せなくなってきた。

処女のように頑なだった菊座から少しずつ強張りが抜けていき、ときおりキュッキュッと悩ましげに収縮するようになる。

(瑛梨さん、お尻の穴で感じてきてる？　やった……！)

ふと気がつくと、野乃子の嵌め腰が止まっていた。慶太は両膝を立てて、勢いよくペニスを突き上げる。ポルチオに肉の拳の正拳突きがめり込むと、野乃子はヒイイッと叫んだ。

「どうしたんですか、野乃子さん？」慶太は下から腰を振りながら尋ねた。

「あううっ、ご、ごめんなさい……お尻の穴を舐めるなんて、私、びっくりしちゃって……ふおっ、おほおっ、ひっ、んひっ」

野乃子はすぐに逆ピストン運動を再開する。彼女の動きに合わせて、慶太も突き上げを続行した。これまで以上に強く亀頭が膣底に当たるように。

「ひぎっ、うぐぅ……ん、んほっ、お腹、突き抜けちゃいそうっ……んおおぉ」

しかし野乃子は動きを止めず、スピードも落とさない。獣の如く唸りながら腰を振り立てる。ついには肉棒が根元まで埋まるほどの激しいぶつかり合いとなった。

野乃子のクリトリスはとても敏感で、互いの腰が衝突し、恥骨がクリトリスに当たれば、快感よりも苦痛を感じていたはずである。慶太は心配になる。

「大丈夫ですか、野乃子さん。痛くないですか？」

「はひぃ、は、はいっ……平気ですっ……痛いけど、大丈夫なんです……大丈夫だけど、変っ……私、変になっちゃったみたいです……！」

最初のうちは、やはり陰核への圧迫に痛みを覚えていたそうだ。それがポルチオの肉悦とせめぎ合っていたという。

しかし、いつしかその苦痛すら心地良くなってきたのだとか。

そうなれば、もはやすべてが快感。すべてが悦び。野乃子は今、恐ろしさすら感じるほどの愉悦に襲われ、囚われ、自分でどうすることもできずに、ただひたすら腰を振り続けているという。

「はっ、はっ……ひぃぃ……子宮が、こ、壊れちゃウゥ……んいぃ、いひーっ！」

どうやら彼女は——言葉責めに悶えるマゾ気質を元々持っていたが——精神的なものだけでなく、肉体的な被虐《ひぎゃく》の悦びにまで目覚めてしまったようだ。

（これは、さすがに旦那さん、怒るかな……）

恥じらいの強い純真な熟妻を、とんでもないマゾ牝にしてしまった。

そのことも野乃子は夫に話すのだろう。儀式の終わった慶太の元に、怒り狂った夫が殴り込んでくるかもしれない。しかし、今さら後悔しても遅かった。

慶太は瑛梨のアヌスを舐めながら、半ばやけになって野乃子の膣底を抉り続ける。マゾの肉悦に覚醒した牝壺は狂ったようにうねり、戦慄き、これまでの挿入感を遥かに超える魔惑の嵌め心地でペニスの射精を促してくる。

(くうっ、ヤ、ヤバイ……！)

急激に込み上げてくる感覚を、慶太は必死に抑え込もうとした。

が、すぐに堪《こら》えきれなくなる。それほどの激悦だった。力尽きた前立腺は決壊し、熱いザーメンが尿道を駆け抜ける。女の最深部で勢いよく噴き出す。

「クゥウウーッ!!　あっ……うおおっ……ぐうぅぅ！」

「ああーっ、出てる、射精っ！　慶太さんの……チ×ポ、チ×ポが、お腹の中でビクンビクンしてるうぅ。凄い、いっぱい、いいいィン」

中出しの感覚に身悶えし、野乃子は最高潮の勢いで腰を振り続ける。体力は一向に尽きることなく、パンッパンッパーンッと熟臀を派手に打ち鳴らして、精液を噴き出している最中のペニスに容赦なく膣肉を擦りつけてきた。

苛烈な摩擦感に慶太が歯を食い縛って耐えていると、ついに彼女も絶頂を迎える。

「ひっ、ひぃ、イクッ、いいぃ、くっ、んんんっ……あなぁ、アナタぁ、野乃子、イキます、イクッ、イグウウゥッ‼」

遠く離れた夫にまで届けようというのか、マゾ妻の叫びが高らかに響いた。

力強い締めつけと波打つような膣壁の躍動で、尿道内のザーメンが搾り尽くされる。

その後、肉路のうねりは徐々に凪《な》いでいった。

慶太は心地良い疲労感に溜め息をつく。それを待っていたかのように瑛梨が、

「さあ慶太くん、次は私の番でしょう？　舐めるのはもういいから、オチ×チンをちょうだい、ね？」

単にアヌス責めから逃れたかっただけかもしれないが、彼女は、慶太の手を振り払うようにして立ち上がった。射精の反動で力も気も抜けていた慶太は、瑛梨を押さえ込んでいることができなかった。

(まぁいいさ。たっぷり唾はつけさせてもらったから)

マゾ悦に目覚めたうえ、初のポルチオ性感を極めた野乃子は、力尽きて今にも倒れてしまいそうだった。結合を解くのに瑛梨が介助し、ぐったりしている野乃子を洗い場の床石にそっと横たわらせる。

その瑛梨の後ろから慶太は襲いかかった。女体を押し倒して四つん這いにさせると、

ペニスの根元を握り締め、すかさず濡れた膣穴へズブッ、ズブズブッと挿入する。

「きゃあっ！　あ、あううぅん……おほぉ、おお、オチ×チン、かったぁい！　たった今、出したばっかりなのにぃいぃ……くうっ、さ、三回目だったわよね？」

「そうですね。瑛梨さんが変な薬を呑ませるからですよ」

三度の射精を経てもなお、ペニスは赤黒く充血して反り返っていた。

慶太は戦慄く女腰を両手でひっつかみ、すぐさまトップスピードの嵌め腰を叩き込む。ボリューミーな尻肉のクッションを活《い》かして、パンッパンッパンッと腰を打ちつけ、波打つ双臀の艶めかしさに、牡の官能をますます高揚させる。

「ひぃいぃ、待ってぇ、待ってぇぇ、いきなり激しすぎるぅぅん」

まだ二十代で出産経験もない瑛梨の膣肉には、他の三人の熟壺ほどの柔軟性はなかった。特級サイズの巨根を馴染ませるには、本来ならもっと時間を要したはずだ。

だが、野乃子をマゾ悦に狂わせたことで、慶太は荒々しく獣欲を高ぶらせていた。のんびり待ってなどいられない。幸い瑛梨の膣穴はこれ以上なく潤っていた。高速ピストンもなんとか可能だった。

強烈な肉の摩擦に逆らってペニスを抜き差ししていると、次第に瑛梨の口から媚声が漏れてくる。悩ましく背中をよじって悶えるようになる。

「はぁ、はぁ、ふうぅ……あぁ、な……慣れてきたわぁ」

瑛梨は慶太の方に首をひねり、恨めしそうに言った。「もうぅ……ダメよぉ、慶太くん……こんな、んあぁあ、レ、レイプみたいなセックスしちゃあ……私は別に、マゾじゃないんだからあぁ」

「ごめんなさい、我慢できなくて……あぁぁ、う、んっ」

慶太は瑛梨の背中に覆い被さり、彼女にだけ聞こえるようにそっと囁く。

瑛梨さんのオマ×コが一番気持ちいいです——と。

「あぁあん、そんな……も、もう、ずるいわぁ、慶太くんったら……そんなこと言われたら、怒れなくなっちゃうゥウン」

甘ったるい牝声で、形ばかりの不満を漏らす瑛梨。じっとりと汗に濡れた背中がみるみる赤く染まっていった。

慶太はニヤリとし、ほぐれてきた肉穴を、揺るぎないスピードで掘り返していく。

一番気持ちいいと言ったのは嘘ではない。無論、亜貴や知絵、野乃子の嵌め心地も充分に素晴らしく、瑛梨がダントツというわけではないが。

プリプリと弾力性に富んだ瑛梨の膣肉は、若々しい膣圧もあって、喰らいつくような勢いでペニスを締めつけてきた。肉壺内をびっしりと覆っている膣襞も角が立っていて、まるでブラシの如く、亀頭や裏筋、竿の隅々を激しく擦り立てる。

慶太は、噛み締めた歯の隙間から「ううぅっ」と低い唸り声を漏らした。

（この村に来て、一番多くセックスしたのは瑛梨さんだけど、全然飽きない）

それどころか、セックスをすればするほど、嵌めれば嵌めるほど、この膣壺は旨味を増していく気がする。まるで慶太を悦ばせることに特化した、慶太のためだけの穴に変化していってるような。

ただ慶太の方も、瑛梨を悦ばせることには上達していた。彼女の好きなピストンの角度、ストロークの幅、どれだけの強さでどこを擦り、どこを抉ればいいか、完璧にとは言わずとも、かなりのレベルで習熟している。

「おあぁ、あ、あっ……んあっ、ああっ……そ、そう、そこよ、そこおぉぉ……ううう、わ、私もう、イッちゃいそう……は、早すぎるううぅ」

挿入からわずか数分で、瑛梨は切羽詰まった声を上げた。

石の床に腕を突っ張っていたのが、崩れるように肘をつき、まるで若勃起にひれ伏しているような格好となる。なんとも男の支配欲をくすぐる有様だ。

察するに瑛梨は、これまで三人のアクメを見せつけられて、相当に官能を燃え盛らせていたのだろう。そのうえ顔面騎乗でのクンニと指マンもあったのだから、呆気なく昇り詰めてしまっても無理はなかった。

「おほぉ、おひぃいっ……！　ひ、ひぃ、はあぁ……こ、こんな簡単にイッちゃうなんてぇ……あぁ、でも凄く気持ちいいのおぉ……ダメぇ、ダメぇぇ、くうぅ、イッちゃう、イクッ、イックうぅぅ!!」

女豹の如く背中を反らし、突き上げた尻をプルプルと震わせて、瑛梨は愉悦の頂点に達する。

アクメの痙攣に合わせて、双臀の谷間に息づくピンクの窄まりも、蠢くように収縮を繰り返す——

それを見ていると、慶太の悪戯心がウズウズした。

口の中でクチュクチュと唾液を溜め、窄めた唇からトロリとこぼす。

唾液は、双臀の谷間を渓流の如く流れ、アヌスの窪みに溜まった。

慶太は親指の腹で、菊座の表面をヌルリ、ヌルリと撫で上げる。

「あっ……んひぃぃ！　ま、またお尻いぃ……やめて、ダメよ、ダメぇぇぇ」

イヤイヤと腰をくねらせる瑛梨。慶太は彼女の尻の抵抗を両手で押さえ込みつつ、親指でのアヌス愛撫を敢行した。さらにピストンも再開させる。

「あうん、おほっ！　ちょ、ちょっとおぉ……もう終わり！　慶太くんはもう全員イカせたんだから、ね、儀式はここまで……あぁ、だから奥はやめてぇぇぇ」

「僕がまだイッてませんよ。イクまでやめません」

これが瑛梨との最後のセックスなのだ。

中途半端では終われない。彼女の中に精液を注ぎ込むまでは断固として続ける。未だもがいて暴れている尻を固定するように、ズズンッと肉杭を深く打ち込んだ。

「ふひぃぃ！　せ、せめて少し休ませてぇぇ……今イッたばかりなんだから、んあぁ、オマ×コ、おかしくなるうぅ……あっ、あっ、ヒーッ！」

オルガスムスに蕩けた膣壺を肉槍で情け容赦なく突きまくれば、瑛梨は抵抗する力を失い、ほどなくペニスの奴隷《どれい》と化す。

もはや子宮口への一撃一撃が、軽いアクメの如き肉悦をもたらしているのだろう。女体はずっとイキっぱなしの様相で、狂ったように戦慄き続けていた。

そのうえで慶太が、触れるか触れないかの指先で肛穴の縁を撫で回すと、瑛梨は先ほど以上の艶めかしい反応を見せる。

「はひっ、くっ、くひぃぃ！　や、やあっ、それ、んおおぉ、くすぐったいのおぉ……ダメぇ、お尻、コーモン、コチョコチョしないでぇぇぇぇ」

薄桃色の肛肉が悩ましげにギュッ、ギューッと収縮を繰り返した。

　慶太はふと思う。この収縮と収縮の間には、一瞬の弛緩があるのではないか。その瞬間を上手く狙えば、頑なな肉門を突破できるのではないだろうか。

　ピストンで膣路を責め立てながら、後ろの狭穴の蠢く様をじっと観察し、そのタイミングを見計らう。穴が縮まる、戻る、縮まる、戻る——

　今だ！　慶太は親指をグッと押し込んだ。

　抵抗はほんの刹那《せつな》。アヌスはあえなく口を広げ、親指がズルンッと潜り込む。やはり慶太の予想したとおりだった。タイミングも完璧だった。

「ヒッ、ヒギイィイッ!?」

　瑛梨が甲高い奇声を上げる。侵入者を拒む肛門は、膣口を超える力強さで穴を閉じようとするが、親指はすでに第一関節までズッポリと埋まっていた。

「アアァ、バッ、バカあぁ、入れないでって言ってたのにぃ！　ダメ、抜いて、抜いてぇ、うぐうぅウゥ」

　だが、抜けと言われても、括約筋《かつやくきん》の門の締めつけは万力の如し。押しても引いても親指は動かない。試しに慶太は手首を左右にひねり、少々強引に親指を回してみる。すると、なんとか動かすことができた。

　が、肛門の縁を裏側からグリグリと擦ると、瑛梨はさらに狂おしげに身悶える。

「んっほおぉ、それっ、ヤメッ……！　ひいっ、んぎぃ、ダメッ、ダメダメえぇ……ああぁあ、ううぅうん……そんな、おぅう、お、お尻なんかでえぇ……！」

「気持ちいいんですか？　お尻の穴で？」

瑛梨はブンブンと首を振った。「違うの、違うのぉ、これはオマ×コが……オマ×コで感じちゃってるだけで……んおぉ、お尻やめてぇ……コーモンねじれちゃううぅ……あ、ああっ、あっつうぅ！」

アヌスはますます固く締まり、それは膣口にも伝わっていく。

これまでにない強烈な膣圧で、瑛梨の女壺は極上の嵌め心地となった。慶太は瞬く間に射精感を高めていく。

気がつけば、亜貴と知絵が湯船から上がっていて、慶太の右隣から、瑛梨の肛穴の有様を覗き込んでいた。野乃子もふらふらと立ち上がり、亜貴たちの反対側から眺めてくる。

「……」「……」「……」三人とも言葉もないようだった。

だが嫌悪の表情はなく、むしろ微かに笑みすら浮かべ、二穴責めの痴態に好奇の瞳を爛々と輝かせていた。

慶太が親指の回転を加速させると、それがスイッチとなって膣圧はさらに高ぶる。

亀頭は揉み潰され、雁首から根元までが肉門にしごきまくられた。ペニスの裏筋が絶えず引き攣《ひっ》り、カウパー腺液は漏れっぱなし。前立腺が限界間近となり、腰の奥が重たく疼きだす。

「うぐぅ……き、気持ち良すぎる……うほぉ……お、おおぉ……で、出るウウッ!!」

女の秘奥に鈴口を押しつけ、慶太はペニスの緊張を解き放った。

四発目とは思えぬほど大量に、爆《は》ぜるような勢いでザーメンをぶちまける。子宮の中までドクドクと注ぎ込む。

「んごおぉ、おおっ、おひいっ、す、凄いりょおおぉ……精液が、あっ、あぁん、子宮の中で、慶太くんのセーシが泳いじゃってるうぅう……わ、私、おかっ、おかひくなるうぅ、イグッ、イグッ、イグウウゥ!!」

それを受けて瑛梨もアクメした。一度目の絶頂を超える、さらなるオルガスムスの大津波に女体を打ち震わせる。

やがて瑛梨は、石の床に顔から突っ伏した。全身の硬直が徐々に解けていくと、括約筋の門もふっと緩み、親指がズルッと抜ける。

横から眺めていた知絵が、パチパチと手を叩いた。亜貴と野乃子もそれに続く。

「お疲れ様、慶太くん」「もう君に教えることはなにもないな」「最後の儀式、頑張ってくださいね」

ペニスも引き抜くと、力なく蠢く膣穴の奥から、ブクブクと泡立つ白濁液が溢れてきた。ボタリ、ボタリと床に滴り、神聖なる湯殿に立ち込める淫臭がなお濃くなる。

瑛梨がよろよろと身を起こした。慶太の方に振り返り、肩を揺らして喘ぎながら右手を伸ばし――

慶太の頬をムギュッとつねった。

「いたたた、え、瑛梨さん……!?」

「まったくもう……無駄な射精までしちゃって、しょうがない子ねぇ」

頬から指を離すと、瑛梨は慶太を真っ直ぐに見据えてくる。

エメラルドグリーンの瞳がキラリと輝いた。瑛梨はその美貌を厳しく引き締め、でもちょっとだけ微笑んで、そしてこう言った。

これで静穂さんをイカせられなかったら赦さないわよ――と。

第五章　熟れ巫女は天に舞う

1

亜貴、知絵、野乃子、そして瑛梨。四人の女をすべて昇天させた慶太は、改めて湯を浴び、汗と男女の粘液を充分に洗い流して、ゆったりと温泉に入った。女たちも一緒に浸かる。赤い夕空は次第に明るさを失っていった。

身体を温め、四人抜きの疲れを多少なりとも癒やしたら、脱衣所の小屋へ戻った。元の服を着ようとすると、瑛梨に止められる。彼女が持ってきた儀式の装束《しょうぞく》——単衣《ひとえ》仕立ての純白の着物に着替えるのだとか。下着も、六尺ふんどしだという。

着物の着付けは女たちが全部やってくれた。ふんどしもだ。ただの細長い布が慶太の股間に器用に巻きつけられ、陰茎を包み込んでギュギュッと締め上げられる。

ご丁寧に、靴の代わりの草履《ぞうり》まで用意されていた。着物の着付けが終わったら、薄暗い足下に気をつけながら、全員で一列になって階段を下りていった。下りている途中で、下から雅楽《ががく》のような調べが聞こえてきた。

境内《けいだい》まで下りると、神主の男が待ち構えていて、「無事に済みましたか？」と尋ねてくる。女たちを代表して瑛梨が「はい」と答えた。

拝殿の裏側から正面の方へ歩いていくと、聞こえてくる音楽の正体がわかった。

拝殿の中で神楽が行われていたのだ。神職の装束と同じ袴《はかま》姿の男たちが、笛を吹き、太鼓を鳴らして雅《みやび》な調べを奏《かな》でていた。その中には慶太の見知った顔も混じっている。

ああ、あの人は、軽トラックで大鷲家まで運んでくれたおじさんだ。

拝殿は灯りがともり、すべての障子が外され、正面と左右から中がすっかり見えるようになっている。まるで舞台のようなその場所で、巫女装束の女性が静かに舞っていた。

静穂だ。普段の眼鏡を外しているので、ずいぶん雰囲気が違って見えた。

右手に鈴、左手に扇子を持ち、緩やかな、優雅な動きで舞う静穂。まるで彼女の周りだけ時間の流れが遅くなっているかのように、ゆっくりと左右の腕を振り、一歩、一歩と、拝殿の中を歩いて、ときおりその身を一回転させる。

一つに束ねた黒髪がふわりと舞い――

シャンッと、澄んだ鈴の音が鳴り響いた。

「綺麗ですね……」と、慶太は呟く。瑛梨がそれに頷いた。「巫女さんの神楽を見るのは初めて？　そうよね、なんだか心が洗われるような気持ちになるわ」

慶太は「はい」とだけ答えた。神楽を見るのは初めてだったし、彼女の言葉にも同意するが、慶太が綺麗だと言ったのは静穂のことだった。

静穂を初めて見たときから美人だとは思っていたが、今の彼女はさらに美しく清らかに見えた。自分のような俗人が手を触れてはいけないような神々しさすら感じた。

（この人と、僕が、セックスをするのか……）

拝殿の周りには大勢の村人たちが集まっていた。ざっと二百人ほどだろうか。地面にレジャーシートなどを敷き、正座をして、静穂の神楽をじっと眺めていた。これだけの大人数がいるのに、境内では物音一つ聞こえない。そういえば子供の姿は一人も見当たらなかった。

巫女の神楽が終わると、静穂は拝殿から下りて社務所に入っていった。

静穂と入れ替わりに、面を被り、それぞれに異なる衣装をまとった者たちが社務所から出てきて、拝殿に上がる。そして雅楽の調べと共に、今度は芝居のようなものが始まった。

「あれは天狗の呪いの逸話から作られた神楽よ」と、瑛梨が教えてくれる。「ほら、天狗のお面をつけてる人がいるでしょう？　今やっているのは、村人が、天狗に村娘を差し出すシーンよ」

天狗の面をつけた者が、娘役の身体に覆い被さってヘコヘコと腰を振っていた。

なるほど、これを見せたくないから、この場に子供たちを連れてきていないのかもしれない。神楽を見ている村人たちの雰囲気は、さっきまでとは打って変わってなごやかなものになり、笑い声が上がったりもする。それどころか、あちこちで重箱を広げて料理をつついたり、酒を飲み始める者たちも現れた。

「ずいぶん空気が変わりましたね……」

瑛梨がクスッと笑った。「さっきのは神様に捧げる舞いだったけど、今やっているのは、村人たちの娯楽としての意味合いの方が強かったんじゃないかしらね。こんな山奥に住んでいたら、お芝居だって滅多に観られなかったでしょうし」

天狗の呪いの神楽がいつ作られたのか、その時代ははっきりしていないそうだが、おそらく今から二百年以上前だったらしい。気軽に外に遊びに行くこともできなかった村人たちにとっては、貴重な娯楽の一つだったのだろう。

そういうものかと、慶太は納得した。ただ、気になることが一つある。

「あの、最後の儀式っていつ始まるんですか？　ここでやるんじゃないんですか？」

「もちろん、ここよ。あの拝殿の中でやるの。もうすぐよ」

「え……？　いや、だって……」

怪訝《けげん》な思いに慶太は眉をひそめた。観客の村人たちは、境内に根を張るように座り込んでいる。ついさっき飲食を始めたばかりの彼らを追い出して、最後の儀式をするのだろうか？

それともまさか――嫌な予感が湧き上がってくる。

拝殿の舞台ではすでに天狗はいなくなっていて、泣き顔の面をつけた村人たちが、呪いに恐れおののいていた。そこに一人の男が現れる。稀人だ。彼は四人の村娘を次々と抱いていった。

が、大鷺家の娘の寝床に忍び込んだところで朝を迎える。五人目の娘を諦めた彼は、くるりと身をひるがえし、観客に背中を向けたその一瞬で、懐から取り出した牛の面と、今まで嵌めていた若い男の面を素早く入れ換えた。見事な手際に拍手と歓声が上がる。そして牛頭天王の稀人は舞台から下りていった。

続いて他の配役たちも、奏者たちもすべて去り、拝殿は無人となる。

すると社務所から再び静穂が現れた。髪型は先ほどまでと同じく、長い黒髪を一つ結びにしたものだったが、巫女装束から浴衣のような白い着物に着替えていて、これまでの登場人物が皆、面を被っていたのに、彼女は素顔のままで拝殿の舞台に上がっていく。手には小さめの壺のようなものを持っていた。

「さあ慶太くん、出番よ、頑張って！」

「え……えっ……??」

瑛梨に背中を押され、慶太は唖然とした。

2

慶太は観客たちを回り込み、躊躇う足で拝殿正面の階段を上がっていった。拍手が鳴り響いて、待ってましたという掛け声まで上がる。

（まさか、そんな……こんな大勢の人たちが見てるなんて）

こんな状況で行われる儀式とは夢にも思っていなかった。瑛梨もまったく教えてくれなかったのだ。言えば慶太が尻込みすると思って、わざと言わなかったのだろう。

（瑛梨さんめ……ええい、くそっ）

騙されたような気持ちになった。逃げだそうかと一瞬考えた。が、それでも彼女の期待に応えたいという思いはなくならなかった。

慶太は諦念にも似た覚悟を決め、拝殿の板の間に立つ。

これまで経験したことのない注目に、膝がカクカクと笑っていた。野乃子の夫の前でセックスしたときとは緊張感のレベルが違う。額からどっと汗が噴き出す。

正座をしている静穂と向かい合うと、慶太もおずおずと座った。

彼女が、慶太にだけ聞こえるように囁く。「見られていることは忘れて、儀式に集中してください」

「そうしたいですけど、見られているのを忘れるのは……む、無理です」

「では、こう考えてください。村の皆さんは、あなたを、三上慶太さんを見ているのではないのです。神の化身たる稀人様を見ているのです」

「は、はぁ……」

今の慶太は牛頭天王の稀人を演じている役者のようなもの。

そう考えると、気持ちが少し楽になってくる。自分以外の誰かになっているということに、高揚感のようなものすら感じられた。映画好きの慶太は、役者の気持ちというものがちょっとだけわかったような気がした。

静穂がまた囁く。「瑛梨さんから、柿の木問答のことは教わっていますか？」

「え……？　あ、はい、一応は……」

これから行う儀式とは、つまり、三百年前に果たされなかった稀人の夜這いをやり遂げるというものである。

慶太は、瑛梨が寝床に忍び込んできたときのことを思い返した。ゴホンと咳払いをする。「あ……あなたの家に、柿の木はありますか……？」

静穂は、よく響く澄んだ声で答えた。「はい、あります」

「よ、よく実はなりますか……？」

「はい、なります。どうぞ、ちぎって食べてください」

静穂は床板に手をつき、深々と頭を下げる。慶太も真似をしてお辞儀をする。

頭を上げると、彼女はしとやかに立ち上がり、

「では、脱いでください」と囁いて、彼女自身も着物の帯を解き始めた。

慶太も帯をほどこうとするが、震える指に手間取る。

そのうえ帯の結び目は、慶太の知っている蝶々結びではなく、着物を着るときの伝統的な結び方だったので、ほどくのにさらに苦戦する。焦りが緊張感を煽り、掌が汗でびしょびしょになった。

心臓はバクバクと鳴っていたが、その血液は股間にはまったく流れ込んでいないようで、これからセックスをするというのに、ふんどしの中のイチモツは、先ほど四人抜きをしたときの勇姿が嘘のように縮こまっている。ちゃんと大きくなってくれるのかと、心配になるほどの弱々しさだった。

目の前では静穂が、慣れた手つきで帯をほどき、慶太に先んじて着物を脱ぐ。和服の肌着である襦袢《じゅばん》は身につけておらず、たちまち魅惑の肌がさらけ出された。

(あっ……!?)

まず最初に驚かされたのは、彼女がパンティを穿いていなかったことである。露わになった恥丘には控えめな和毛《にこげ》が楚々と茂っていた。

女が着物を着るときは下着をつけないという話を聞いたことはあった。が、まさか本当だとは思っていなかった。それともノーパンが、祭りの儀式における女の装束の決まりなのだろうか。

拝殿を囲む観客たちが色めきだす。静穂の裸体に見入っていたのは、スケベ面《づら》の男たちだけではなく、女たちもだった。彼女らは羨望の眼差しを静穂に向け、うっとりと溜め息を漏らしている。

それほど、静穂の身体は美しかった。

三十代の頭と思われる女体は、二十歳そこそこの女たちにも引けを取らぬ、実になめらかな白い肌。腰や太腿にはムッチリとした熟れ肉が乗っているが、ウエストは見事にくびれていて、艶かしくも美しい女の曲線を描いている。

ただ、彼女の胸元から腹部を覆うように、なにやら白い布が巻きつけられていて、慶太はそれが気になった。「もしかして……怪我をされてるんですか？」

彼女はにこりともせずに答える。「これは包帯ではありません。サラシです」

乳房が大きい人の場合、着物のシルエットが胸元で崩れてしまうので、こういうもので押さえつけるのだという。静穂は胸元に厳重に巻かれたサラシをほどいていった。

その下から現れた膨らみに、慶太は両目を剝く。どれほど大きいのだろうと思っていたが、その期待を遙かに上回っていた。瑛梨のJカップには及ばないが、野乃子のGカップはおそらく超えているだろう。

（こんなに大きなオッパイだったなんて……）

境内のあちこちからオオーッと感嘆の声が上がる。両手を合わせて拝んでいる年寄りまでいた。が、静穂は動じず、爆乳を手で隠そうともしない。

サラシで押さえつけていたせいか、膨らみは若干外側に広がっていて、頂の突起はやや下を向いている。

だが、それもまた趣があった。息を呑むほど美しい女体は、神が造った芸術品のようだというのに、乳房だけがしんなりとして、その肉量をちょっとばかり持て余しているのだ。それは、すべてが完璧であるよりもずっと男の欲情をそそった。

そんな退廃的な官能美に、慶太の股間のモノはすぐさま反応する。

固く締められたふんどしの中で、イチモツが瞬く間に怒張していった。

「い、いててて……！」

若勃起がふんどしの布を力強く押し上げ、そのせいで肛門の方がギチギチと食い込んでくる。慶太は急いで着物を脱ぎ捨て、ほどき方に戸惑いながらも、なんとかふんどしからペニスと肛門を解放する。

オオーッと、見物人たちから再び歓声が上がった。

先ほどよりも女たちの声の方が多かった。二十センチを超える慶太の巨根が、皆の瞳を虜《とりこ》にしていた。

静穂すらしばし目を丸くして、わずかにその頬を赤くする。

「……そちらの準備は整っているようですね。では、少々お待ちください」

静穂は床に腰を下ろし、持ってきた小さな壺に片手を差し入れた。

手を引き抜くと、その指には微かに白く濁った液体が絡みついていた。トロトロと粘り気のある謎の液体に、慶太は怪訝な眼差しを送る。

「な、なんですか、それ……？」

「これは――いってみれば潤滑剤です」

この村の米から作った米粉で、こんなローションのようなものが出来るそうだ。

静穂はそれを己の膣内に塗り込んでいく。慶太はもったいないと思った。米粉が、ではなく――そんなものを塗るくらいなら、自分がクンニをして、彼女の膣穴を愛液でドロドロにしてあげたかった。

指の付け根まで差し込んで、たっぷりと米粉ローションを塗りたくった静穂は、

「お待たせしました。それでは始めましょう」と、慶太の前で仰向けに横たわった。

静かに股を広げ、太腿の付け根にある牝花を露わにする。

小振りの花弁は皺もよじれもほとんどなく、色も鮮やかなサーモンピンクだった。

（おお、綺麗だ……）

慶太は彼女の股の間に膝をつき、武者震いをする肉棒を握り締めた。

「じゃあ……い、いきますよ」

秘肉の窪みにペニスを押し当て、腰に力を込めていく。

グッ、ググッ、ズブリッ。張り詰めた亀頭が膣口を潜り、とろみの利いた肉壺の中

へ進入した。途端に、なかなかの膣圧で雁首が締めつけられる。肉の門が息をするようにキュッキュッと収縮を繰り返していた。

だが、慶太が衝撃を受けたのは、そのことではない。

(こ、これはっ……!?)

膣内に刻まれた肉襞がゆっくりと蠢いていたのだ。ウネウネと、まるで海の底で優雅に揺らめいているイソギンチャクの如く。

「どうしました？　もっと奥まで……」

「あ、はいっ……うぅ、うっ」

促されて、慶太は挿入を続ける。亀頭に、裏筋に、ペニスの幹に、肉の触手が絡みついてきて、ゾッとするほど妖しく甘美な愉悦が込み上げた。

「す、凄い……こんなオマ×コ、信じられない……」

慶太はたまらず腰を戦慄かせる。不安げに美貌を曇らせた静穂が、

「あの……私の膣、なにか変ですか？」と、小声で尋ねてきた。

「あ……い、いえ、別に変なんじゃなくて」慶太は首を振り乱す。「めちゃくちゃ気持ちいいんです。凄いですよ、このオマ×コ……！」

つい声が大きくなってしまうと、彼女は慶太を睨みつけ、朱唇の前に人差し指を立

てた。しーっ。己れの性器のことなど、見物人たちには聞かれたくないのだろう。静穂の頰はほんのりと赤みを帯びていた。

慶太はすみませんと謝り、止まっていた挿入を再開する。じわじわと押し進め、肉棒の先端が膣底まで達すると、溜め息をついて一休みする。

静穂の中の肉壁はやや硬めだったので、巨根に馴染むまで少し待とうと思ったのだ。が、その間も、秘壺の内側を埋め尽くす襞という襞が蠢動《しゅんどう》し、男の急所を淫靡に這い回るのである。

(くうっ、入れてるだけで気持ちいい……。だ、駄目だっ)

これは噂に聞く名器の膣穴、〝ミミズ千匹〟というやつだろう。

このままでは、こちらだけが一方的に性感を高められてしまう。慶太は大きく息を吸い込み、意を決してピストンを開始する。

緩やかな抽送で様子をうかがおうとするも、予想どおり、いや予想以上の肉悦が、電流の如くペニスを駆け抜け、腰が砕けそうになった。早くも尿道が熱くなり、多量の先走り汁を漏らしてしまう。

(う、うわ、あぁ……なんかもう、あっという間にイッちゃいそうだ)

一方の静穂は、大して乱れた様子もなかった。

仄かに赤らんだ目元、爆乳を静かに上下させる深い呼吸、それらはなんとも色っぽかったが、それ以上の艶かしい反応はうかがえない。

今まで瑛梨を始め、交わった女たちすべてを狂わせ、虜にしてきた若勃起。それをもってしても、静穂には喘ぎ声一つ上げさせられなかった。慶太の自信にひびが入る。

気持ちが焦って、嵌め腰が加速する。ストロークも大振りになる。

それはますますイチモツを追い詰めた。ペニスを根元まで埋め込み、ポルチオを深々と抉って、恥骨でクリトリスを押し潰しても、静穂は「……んんっ」と微かな呻き声を漏らして、眉間にちょっと皺を寄せただけ。にもかかわらず、慶太はみるみる射精感を募らせていく。

（あ……ヤ、ヤバイ）

思ったとおり、あっけなく限界がやってきた。

慌ててピストンを緩めても、挿入しているだけで愉悦をもたらす名器壺の前では焼け石に水だった。蠢く肉襞のゾクゾクするような感触に裏筋が引き攣り、

「ああっ、あ、あっ……出る、デッ、ウウウッ!!」

歯を食い縛る間もなく、失禁するように射精。

押し寄せる快感の波に打ち震えながら、慶太は理解する。これまでに静穂に挑んだ

稀人たちは、皆、この名器の前に撃沈してきたのだと――。

発作を起こしたように痙攣する腰を見れば、慶太が射精したのは一目瞭然。見物人たちから、一斉にがっかりしたような声が漏れた。

慶太は情けない気持ちになる。が、そんな溜め息混じりの声を聞いて、慶太以上に申し訳なさそうな顔をしているのは――静穂だった。

大和撫子の美貌は青ざめ、氷のように冷たく輝く、あの切れ長の瞳は、微かに潤んでゆらゆらと揺れていた。

彼女がそんな表情を見せるとは思いも寄らなかった。驚きながら慶太は悟る。

(静穂さん……責任を感じてるんだ)

きっとこれまでも、自分のせいで祭りの儀式が失敗したと思ってきたのだろう。

慶太が稀人として儀式を受けることに最初反対したのも、村人たちのこんな失望の声を聞くのが怖かったのかもしれない。

慶太もわりと真面目な性格なので、静穂の気持ちがわかるような気がした。

同情と哀れみの念が胸の内に込み上げてくる。熱い感情に突き動かされ、境内中に響くような大声で叫んだ。

「大丈夫です。僕、まだまだいけます！」

再び嵌め腰を躍らせ、抜かずの第二ラウンドへ突入する。

最初に拍手を始めたのは瑛梨だった。亜貴と知絵、野乃子もそれに続く。

次第に他の村人たちにも広がっていき、やがて境内は温かい拍手に包まれた。あちこちで応援の声が上がる。稀人様、天狗の呪いを解いてください！　頑張ってー！

慶太が手を振ると、若い女たちも熟れた女たちも、キャーッと黄色い声で叫んだ。

村人たちの声援で意気高らかにピストンをする慶太。

だが、相変わらず静穂にアクメの気配は欠片もない。

（全然感じてないわけじゃないと思うんだけど……）

タプタプと揺れるメロン大の双乳に手を伸ばし、柔らかな膨らみを鷲掴《わしづか》みにして、初々しい薄桃色の突起を指先で転がした。それは瞬く間に硬く尖る。

「……気持ちいいですか？　乳首」

静穂は小さく頷く。悩ましげな表情でピクッピクッと肩を震わせる。

「え、ええ、多少は……気持ち良くて、くすぐったいです」

となると、やはり俗にいう不感症ではないらしい。

では、どうしたらいいのだろう？　しかし、その答えを得る前に、新たな射精感が慶太を襲う。今日はもう五回も吐精したというのに、信じられない早さで肉棒は再び追い詰められていた。

ただでさえ稀なる名器だというのに、硬めだった膣肉がほぐれてきて、ペニスに吸いつくようになったのだ。密着度が増し、何百匹という線虫に這いずり回られるような感触がさらに強くなる。おぞましくも極上の嵌め心地だった。

(ま、まだだ……こんなに早くイクわけにはいかないっ)

肛門に気合を入れ、奥歯をギリギリと噛み締める。

苦悶に顔を歪めた慶太を見て、静穂はますます心苦しげに眉をひそめた。

「ごめんなさい、私のせいで……」と、彼女は唇を噛む。

今にも溢れそうな涙を瞳にたたえている。そんな彼女を見ていると、慶太の胸中に熱いものが込み上げてきた。

それは男女の愛情とは少し違う感情なのかもしれなかった。だが、彼女にある種の愛《いと》おしさを感じているのは間違いない。

彼女の涙を見たくない。苦しみから救ってあげたいと思わずにはいられなかった。

慶太は抽送を止め、静穂に覆い被さって――そっと唇を重ねる。

「……っ⁉」

これまで、儀式の最中にキスをしてきた男はいなかったのか。静穂は濡れた瞳を真ん丸に見開き、啞然としたようにその身を硬直させた。

慶太は素早く舌を潜り込ませ、彼女の舌にねっとりと絡める。静穂はハッと我に返ったように動きだし、慶太の肩を両手で押し返そうとした。しかし、逆に慶太は彼女の肩を強くつかみ、舌の交わりを強行する。

ヌチャヌチャと粘膜を擦り合わせ、甘美なくすぐったさを分かち合う。すると、

「う、ううぅ……んんっ……ふうぅん……」

次第に静穂の両手から力が抜けていき、鼻息が熱く湿ってきた。

彼女の唾液の甘味を存分に味わってから、慶太は口づけを解く。チュパッと音がして、透明の糸がしばし二人を繫いだ。

顔中を真っ赤にした静穂が、動揺を隠しきれない様子で睨みつけてくる。

「み、三上さん……これは、その、私を絶頂させる儀式ですから……く、口づけなんてしなくていいんですっ」

「でも、今僕がやっているのって、〝稀人様の夜這い〟なんですよね？　稀人様だって、セックスのときにキスくらいするんじゃないですか？」

「そ……それは……そうかもしれませんが……」

口籠もってしまう静穂に、慶太はクスッと笑う。

「ごめんなさい。本当はちょっと腰を止めて、高まっていくチ×ポを冷ましたかったんです。静穂さんのオマ×コ、めちゃくちゃ気持ちいいですから」

慶太は、拝殿を囲む村人たちにも聞こえるように、大きな声で言った。

「静穂さんのオマ×コって、肉襞がウネウネして、チ×ポのありとあらゆるところに絡みついてくるんですよ。これ、名器ってやつですよね？」

「し、知りません。三上さん、そんなこと大声で言わないでください……！」

「慶太って呼んでください、静穂さん」

悪戯っ子の気分になって、慶太はニヤリと笑う。「静穂さんのオマ×コは、多分、ミミズ千匹っていうんだと思いますよ。肉襞がそれぞれミミズみたいにゾワゾワ動いているから、入れてるだけでもとっても気持ちいいんです」

オオーッと見物人たちが唸る。村一番の名家の娘にして神聖なる巫女の彼女が、そんな猥褻すぎる肉壺の持ち主だったのだ。特に男たちは興味津々のようで、助平な眼差しでますます静穂の身体を舐め回した。

「ああぁ……や、やめてぇ……」

顔だけにとどまらず、全身を赤く染め上げてイヤイヤと恥ずかしがる静穂。

だが、さっきまでの悲愴な表情よりはよっぽど色っぽいと、慶太は思う。

3

静穂がこれまで人前で肌を晒し、男と交わる姿まで見られても落ち着いていられたのは、自分が牛頭天王の巫女であるという強い誇りからだった。

稀人役に抱かれている間も、〝これはただの性交ではない。祭りの儀式だ〟〝私がイカないと呪いが解けない〟と思えば、恥ずかしさも我慢できた。

だが、巫女にあるまじき卑猥な膣穴の具合を、村人たちにも聞こえるように事細かに説明されると、さすがに羞恥心が上回ってしまう。

（そのうえこの人は、私の名前を何度も……）

静穂さん、静穂さんと、慶太に名前を呼ばれることで、〝牛頭天王の巫女〟という仮面も剝がれかけている。その下から、大鷺静穂の素顔が見え隠れしていた。

いや、そもそものきっかけは、ミミズ千匹の暴露でも、名前を呼ばれることでもなく——あの口づけだったかもしれない。

あれは静穂のファーストキスだったのだ。

生まれたときから牛頭天王の巫女になることが決まっていた静穂は、これまで一度も恋愛をした経験がない。この村で、牛頭天王の巫女になる娘に言い寄る男はいなかったし、麓の町の学校に通っていた高校時代には、男子生徒から告白されることも何度かあったが、すべて断ってきた。巫女を継ぐ者として、そうするように言われて育ったのだ。

初めての口づけは、なんとも甘く、うっとりするほど心地良かった。

あのキスで静穂の頑なな心は、巫女としての誇りは、ほとんど蕩けてしまった。天狗の呪いから村を解放するという使命も忘れてしまいそうなほどに。

「ああ……こんなに気持ちいいオマ×コだったら、今までの稀人が失敗したのも無理ないですね。でも、僕はやり遂げてみせますよっ」

慶太は勢いよくピストンを再開した。

すると、静穂は己の身体の変化に気づく。肉槍が膣底を抉るたび、鯱《しゃち》鉾《ほこ》のような反り返りが肉壁を引っ掻くたび、紡錘形の竿の一番太いところが膣口を押し広げて潜り抜けるたび――これまで感じたことのない快美感がジワッ、ジワッと湧き出して、女壺を満たしていくのだ。

（気持ちいい……私の身体がこんなに感じるなんて……）

少しずつではあるが、女体は確実に高まっていた。

なにがこの変化をもたらしたのか。巫女の仮面が外れかけているから？　牛頭天王の巫女としての責任感、使命感こそが、女体の性感を封じる鎖だったのだろうか。

そうかもしれない。が、それだけではないだろう。大鷲家の女は、巫女に選ばれる長女以外もアクメを得にくい体質だと、静穂は聞いている。

あるいは羞恥心だろうか。ミミズ千匹などという淫猥な体質を村人たちに知られた恥ずかしさが愉悦をもたらしたのだろうか。一種のマゾなのか。

（それとも……この子が私にとって特別だとか？）

慶太とのキスが、静穂の性感を覚醒させたのだろうか。

お伽噺で、王子様のキスが眠り姫を目覚めさせたように。この若者は、自分の運命の人だったのかも──

（な、なにを馬鹿なことを。私、三十二にもなって王子様なんて……）

火がついたみたいに顔がカーッと熱くなる。すると、さらにセックスの愉悦が高まった。膣底から広がる快感のパルスが、子宮をジンジンと痺れさせる。恥ずかしくて感じるなんて、ああ、私やっぱりマゾなのかもしれない。

それでも構わないと思った。たとえ自分にどんな浅ましい性癖があろうと、この身を絶頂させることこそが、重い責任を背負わされ続けた歴代の大鷺家の長女たちの宿願なのだから。

4

「うぐっ、ううう っ……だ、駄目だ、もう出ます、ク、クウウーッ!!」

名器の激悦に屈して、慶太はとうとう六度目の精を漏らした。

しかし、ペニスは未だ充分な硬さを保っている。瑛梨がくれた、あのＥＤ治療薬のおかげだろう。額に浮かんだ玉の汗を拭って、すぐさまピストンを再始動した。

「あぅん、ああっ……だ、大丈夫ですか？　そんな立て続けに……少し休んでも、い、いいんですよ？」

心配そうに尋ねてくる静穂。だが、彼女の声には艶かしい響きが籠っていて、それを聞けば男心は奮い立つ。休んでなどいられない。

（静穂さん、間違いなく感じてきてる）

見物人たちもそれに気づいているようだ。今年こそ呪いが解かれるのではと、皆が期待に目を輝かせ、拝殿の舞台で絡み合う慶太たちを、まばたきすら惜しむようにじっと眺めていた。

瑛梨たちも、見物人たちの輪の後方から見守ってくれている。一瞬、亜貴と目が合った。物言いたげな彼女の眼差しに、慶太はハッとする。そうだ、せっかく亜貴さんからたくさん教わったのに、今の僕は全然できてないじゃないか。

大事なのは、相手の反応をよく見ること。

慶太は二種類のストロークを試してみる。まずは大きな腰の振りで膣路の手前から奥までを掻きむしり、次いで小刻みにポルチオを打ちのめす。それらを交互に繰り返し、静穂の反応を注意深くうかがった。

おそらくは——

「静穂さん、奥を集中的に突かれる方が気持ちいいですか？」

「はぁ、はぁ、んあぁ……え、ええ、そうです……」

「強さは？　こんなふうに、軽く小突かれるのと、それとも、こう、こうっ、強く抉られるの、どっちがいいですか？」

「わ、わかりません、そんな……あうぅ……ん、んくっ」

どうやら、どっちもあまりピンとこないようである。

ならばと、慶太はピストンの力加減を段階的に調整してみた。ソフトな刺突から徐々に強くしていくと――ラジオのチューニングが合うみたいに、静穂が最も色っぽい喘ぎ声を漏らす瞬間を見つける。

「あ、これですね？　これくらいの強さで突かれるのが好きなんですねっ？」

「あああっ……は、はいぃ……それです、それくらいが……い、イイッ！」

女体の攻略法を発見した慶太は、嬉々として嵌め腰を躍らせた。弱すぎず、強すぎず、ズン、ズン、ズンと肉の拳を叩き込んでいく。

「あぁあん、ああっ、き、気持ちいいです……男女の交わりがこんなに素敵なものだったなんて……あ、あっ、ひいいっ!?　んんーっ！」

やがて静穂は、ほっそりと美しい首筋を仰け反らせ、ビクビクッと打ち震えた。

バレリーナの如く爪先までピンと伸び、膣口が力強くリズミカルに肉棒を締めつけてくる。それはまさにアクメに達した女体の反応だった。

「静穂さん、もしかして……イッちゃいました？」

慶太は期待を込めて尋ねる。村人たちも静まり返る。

しかし静穂は、申し訳なさそうにかぶりを振った。「あぁ、い、今……凄く気持ち良くなったんですけど……でも、まだなんです……まだまだ、もっと気持ち良くなりそうな感じがして……」

どうやら軽いアクメを迎えただけのようである。慶太は気を取り直し、またピストンに励んだ。しばらくすると静穂は再び艶かしく叫び、美腰を戦慄かせた。

が、まだ昇り詰めていないという。ゼエゼエと喘ぎ、随喜の涙と大粒の汗で美貌をしとどに濡らしながら、まだ上があるような気がするという。

(なるほど……静穂さんがイキにくいのって、きっと二つの原因があるんだ)

一つは、そもそも快感を得にくいこと。理由は不明だが、この問題はクリアした。もう一つの原因は、おそらく絶頂に要する性感が物凄く高いのだ。性感のレベルを山にたとえると、一般的な女性の二倍も三倍も高い山を登らないと、頂上に達することができないのだろう。

(だったら、もっともっと気持ち良くしてあげるまでだっ)

慶太は身を乗り出し、タプタプと上下に躍る乳丘の頂点に食らいつく。汗にまみれた乳肉は仄かにしょっぱく、女の甘い香りを孕んだ熱気が鼻腔を通り抜ける。

両手で乳肉を揉みほぐしつつ、舐めて、嚙んで、彼女の乳首の悦ばせ方を学習した。頰が凹むほどに吸い立てながら舌先で転がしまくると、静穂は狂おしげに首を振り、前髪を乱れさせる。

「あ、あーっ、信じられない、乳首でこんなに感じたことなかったのにぃぃ」

食い縛った歯で泡を嚙み、ほぼ白目を剝いた淫らなアヘ顔を晒す彼女に、慶太は牡の劣情を燃え上がらせた。

(そうだ、別の体位もやってみよう)

正常位よりもっと彼女を悦ばせるスタイルがあるかもしれない。

試しに後背位に挑んでみようと思う。しかし、体位の変更に手間取ると、せっかく高まっている女体を白《しら》けさせてしまうだろう。スピード勝負だ。

頭の中で手順をまとめると、素早く行動に移す。ペニスを膣穴から引き抜き、静穂が「えっ?」と戸惑いの声を上げるのも構わず、彼女の膝を横向きに倒し、両手で腰をつかんで、強引にひっくり返す。艶尻を持ち上げて無理矢理に四つん這いのような格好にさせると、すかさず自ら手筒で肉棒を支え、巨根の名残で半開きになっている膣口へズブリ。一気に奥まで差し貫く。

「あぐうっ! んおぉ……お、ほっ……さ、さっきまでと違ううぅ」

女体の性感が醒める暇を与えず、慶太は猛ピストンを再開する。先ほどの神楽での、稀人役の面のつけ替えにも負けぬ一瞬の早業《はやわざ》に、見物人たちは拍手喝采した。

慶太は新しい体位でいろいろなストロークを試してみた。深々と肉棒を差し込んでパンッパンッパーンッと双臀を打ち震わせたり、雁高の亀頭冠を膣口の裏側に引っ掛けるように出し入れしたりする。

「ああん、そ、それぇ……あ、あうっ、そ、それもぉ……ひっ、ひいっ」

米粉の特製ローションを洗い流すほどに溢れる女蜜。膣内はますます潤い、ジュッポ、ジュッポと破廉恥な水音を響かせた。

反応を見ていると、彼女がGスポットでもかなりの快感を得ていることがわかる。慶太は前のめりになってペニスの挿入角度を変え、亀頭がちょうどGスポットに強く擦れるようにする。小刻みな抽送で集中攻撃を喰らわせる。

「いやぁあぁ、ダ、ダメです、それ……あ、あっ、まま、待っ……で、出ちゃいます、本当に、出るっ……くっ、クヌーッ！」

静穂は腰を戦慄かせ、尿道口から淫水をピュピューッと噴き出した。

床板に水溜まりが出来て、それに気づいた前列の見物人たちがオオッとどよめく。

だが静穂は、今のも真の絶頂ではないという。アクメの小山をまた一つ越えたに過ぎないらしい。静穂はどちらかといえばポルチオ派のようで、ならばと慶太は、再び体位をチェンジさせた。

改めて彼女を仰向けに寝かせると、女体が二つに折れそうになるほどコンパスを押し倒し、マングリ返しの体勢にする。慶太は真上から杭を打ち込むようにペニスを挿入し、ズシンッズシンッと膣底を抉った。

「こんな格好、恥ずかしいぃ……あぁあぁ、でも、でも、凄く感じてしまいます！」

慶太は、彼女自身の手で両膝の裏側を抱えさせる。破廉恥極まりない嵌め姿を晒す静穂。ピストンで掻き出された白濁の体液が、膣穴から溢《あふ》れて淫臭を撒《ま》き散らす。

慶太は全体重を乗せて肉の楔《くさび》を叩き込み、女尻を激しくバウンドさせた。拝殿の床板がミシミシと悲鳴を上げた。

「んひーっ！　き、来てます、なんだか……アアッ、こ、これまでよりもっと凄いものが、来そう、来るっ……くるぅウウンッ！」

「ほんとですか？　それ、きっと絶頂ですよ。今度こそ、静穂さん、イクんです。イッたら、大きな声でそう言ってください。村の皆さんにも聞こえるように！」

「は、はひっ……お、おおぉ、奥があぁあぁ、凄い、凄いですぅ、ふひぃぃん」

慶太も射精感に襲われ、ザーメン混じりの先走り汁をちびらせ続けていた。汗だくになりながらとどめの嵌め腰を轟かせ、子宮口が広がるほどに、ポルチオの急所を肉の拳で殴打しまくった。すると——

「あっ、アーッ！　こんな、うう嘘ぉ、気持ち良すぎ……くくっ狂っちゃウウッ！　イッ……イッ……イヒィイイッ……グゥウウウウーッ!!」

静穂はこれまでにない絶叫を上げ、仰け反った女体を狂ったように震わせる。

女壺の中の肉の触手も断末魔の如くのたうち回り、救いを求めるようにペニスにすがりついてきた。その激悦に慶太はたまらず精を吐き出す。身体が焼けそうな快感が駆け抜けた。「うおおっ……お、オオオーッ!!」

ＥＤ治療薬でドーピングしていても精力が無尽蔵になったわけではない。精液と共に魂まで抜けていくような感覚だった。射精するから気持ちいいのか、気持ちいいから射精するのか、わけがわからなくなる――。

やがて射精の発作から解放された慶太は、息も絶え絶えに静穂に尋ねた。

「静穂さん……い、今、イッたんですか……？　静穂さん……？」

しかし返事はない。静穂は完全に白目を剝いていた。膝を抱えていた両手もだらんと投げ出された状態だ。慶太は股間に妙な生温かさを感じた。起き上がって見てみると、黄金色の液体が股間を濡らしていた。

「あ、あの」慶太はおずおずと告げる。「静穂さん……失神しちゃったみたいです」

村人たちは、呆気に取られた顔を互いに見合わせた。

しばらくして――割れんばかりの拍手と歓声が、熱狂と共に境内を呑み込んだ。

エピローグ

慶太は自転車を押して、八日ぶりに杉見沢トンネルの前に立つ。

両隣には瑛梨と静穂が寄り添っていた。自宅へ帰る慶太を見送りに、ここまでついてきてくれたのだ。

七月半ばの日曜日。時刻は午前九時を少し過ぎた頃。杉見沢村に滞在していた間に梅雨《つゆ》明け宣言も出され、見上げる空はすっかり夏模様だ。うだるような暑い日々が続くのはまだ先のことで、今が一番、夏が心地良い。

煌《きら》めく太陽に照らされた村の景色を、慶太は崖の上から最後に眺める。

緑に薫る風が谷を吹き抜けた。実に爽やかで、けれど今はちょっと寂しく感じる。

「それじゃあ……いろいろお世話になりました」

「なに言ってるのよ。お世話になったのはこっち。ねえ、静穂さん」

「ええ」と、静穂は頷いた。そして、

「慶太さん、天狗の呪いを解いてくださり、本当にありがとうございました」

彼女は深く頭を下げる。瑛梨もそれにならう。

「このご恩は一生忘れません。あなたのお名前は、この村で末永く語り継がれていくことでしょう」

「いやいや、そんな大袈裟な……」慶太は苦笑いを浮かべて手を振った。

「あら、ちっとも大袈裟じゃないわよ」と、瑛梨が言う。「昨夜は、きっと村中の夫婦がセックスしたと思うわ。初めて絶頂を知った女性もたくさんいたでしょうね」

村の因習を嫌って出ていこうとしていた若者たちも、実家を継ぐことを考え直すかもしれない。過疎化に歯止めがかかることが期待される。

「村中の人たちが慶太くんに感謝しているはずよ。本当にお金はいらないの？」

先ほど、大鷲家を出る前に、大鷲家の当主が「是非、お納めください」と、村を代表して、慶太に謝礼のお金を謹呈してきたのだ。その額、なんと五百万円。

「い、いいです。お金をもらうつもりなんて全然なかったですから」

正直、ちょっとは受け取ることも考えた。が、やはり金額が金額なので、怖じ気づいてしまったのだ。慶太が謝礼金を断ると、ではせめて村で作った米を贈らせてくださいと言われた。それくらいならばと慶太も承諾した。

「それじゃあ、大学のテスト頑張ってね。夏休みになったら、また来てちょうだい」

「はい、映研の先輩たちが、このトンネルでのロケを決めてくれたら——そのときはよろしくお願いします」

昨夜、慶太は、この村にやってきた本当の理由を瑛梨と静穂に話した。映画研究部で撮影する予定なのがホラー映画であることも正直に伝えた。すると二人は、大鷺家の人間として、全力で協力すると約束してくれたのだった。

「ああん、ロケが決まらなくても来てちょうだい。ねえ、静穂さん」

「はい、慶太さんでしたらいつでも歓迎いたします。こんなふうに——」

静穂は慶太の前にやってきて、しゃがみ込む。

そして、慶太のズボンのファスナーを下ろしてくる。

「え、えっ？」と戸惑う慶太に構わず、静穂は陰茎を引っ張り出し、花の香りに嗅ぎ惚れるみたいに、亀頭に鼻先を寄せ、うっとりと息を吸い込んだ。

そしてペロペロと舐め始める。昨日、射精回数の自己ベストを更新したにもかかわらず、一晩寝たことでペニスはすっかり回復していた。たちまち鎌首をもたげる。

「慶太さん、どうかまた私を抱きに来てください。私、いつまでも待っていますから……あむっ」

肉棒を咥《くわ》えると、静穂は早速舌を躍らせた。啄木鳥《きつつき》のように首を振り、朱唇を幹に滑らせる。レロレロ、チュパチュパ。

「おううっ……！　ちょっ……こんなところで駄目ですよ、人が来たら……！」

逃げようとする慶太を、瑛梨が後ろから抱き締めて拘束した。

「別に見られたっていいじゃない。昨日、あんな大勢の村人たちの前でセックスしておいて、今さらでしょう？」

ムギュギュッと爆乳を背中に押しつけ、首筋に妖しく舌を這わせてくる瑛梨。

ゾクゾクする掻痒感に身震いし、慶太は性感が高ぶるのを禁じ得ない。

彼女が言うには、どうやら静穂は、女の悦びを教えてくれて、大鷺家の長女の重責から解放してくれた慶太に、異性として好意を持ってしまったそうだ。

「年上の女をその気にさせちゃったのよ。覚悟を決めなさい。私の分もね」

「え？　か、覚悟って……」

ウフフと笑うと、瑛梨は静穂に聞こえないように、耳元でそっと囁いた。

「慶太くんのせいでお尻の穴に目覚めちゃったかもしれないんだから、ちゃんと責任取ってよね？」


（了）

※本作品はフィクションです。作品内に登場する
団体、人物、地域等は実在のものとは関係ありません。

牝《めす》啼《な》き村《むら》
〈書き下ろし長編官能小説〉
2022年6月13日初版第一刷発行

著者……………………………………………九坂久太郎

デザイン………………………………………小林厚二

発行人…………………………………………後藤明信
発行所…………………………………株式会社竹書房
〒102-0075 東京都千代田区三番町8-1
三番町東急ビル6F
email：info@takeshobo.co.jp
竹書房ホームページ http://www.takeshobo.co.jp
印刷所……………………………中央精版印刷株式会社

■定価はカバーに表示してあります。
■落丁・乱丁があった場合は、furyo@takeshobo.co.jp までメールにて
お問い合わせください。